KB077254

노래의
날개 위에
쓴 시

♫

𝄞

✈

📝

김병중 작사집

노래의 날개 위에 쓴 시
김병중 작사집

초판 인쇄 2022년 06월 02일
초판 발행 2022년 06월 08일

지은이 김병중
펴낸이 신현운
펴낸곳 연인M&B
기 획 여인화
디자인 이희정
마케팅 박한동
홍 보 정연순
등 록 2000년 3월 7일 제2-3037호
주 소 05056 서울특별시 광진구 자양로 73(자양동 628-25) 동원빌딩 5층 601호
전 화 (02)455-3987 팩스(02)3437-5975
홈주소 www.yeoninmb.co.kr
이메일 yeonin7@hanmail.net

값 15,000원

ⓒ 김병중 2022 Printed in Korea

ISBN 978-89-6253-533-4 03810

시의 대중화,
노래의 명곡화를 위한
신개념 작사집!

노래의
날개 위에
쓴 시

김병중 작사집

"시는 조금 가볍고,
노래는 조금 무겁게!"

'81 강변가요제(은상) , '82 대학가요제(동상)에서
수상곡을 작사한 시인의 창작 가사집!

연인M&B

머리말

사십여 년을 같이한 그가
말없이 집을 나가 버렸다.
그럼에도 아무도 찾거나 기다리지 않았다.
그의 이름은 현대시
현란한 수사와 상징과 비유로 분장한 시는
누가 봐도 괴물 또는 외계인이다.
화장을 지우고 눈썹을 떼고 마스크까지 벗어야
얼굴을 알아볼 수 있겠지만
누가 맨얼굴로 되돌릴 것인가?
집 나간 그가 돌아온다면
노래의 날개 위에 즐거이 살게 하리라.
노래는 시작(詩作)이 반이고
시는 잊어져도 노래는 살아남기에
시가 노래와 춤이 되는 날을 기다리리라.

2022년 초여름
김병중

제2부 가라리 네히

제3부 점점점

제4부 노래하라

제5부 짠짠꿍꿍

제6부 Eye See Heart Love

제7부 64분 음표

제1부

기억 위에 추억

기억 위에 추억

기억이 옷깃을 스치는 것이라면
추억은 옷고름을 묶는데
누가 인연을 뿌리친다 하는가

기억은 혼자서 하고
추억은 둘이서 하는데
누가 사람이 등 돌린다 하는가
사랑은 기억 위에 추억
추억 속에 다시 기억

눈 감아야 보이는 어둠이 돋는 나뭇가지
깃털 젖은 새가 노을빛에 시선을 멈출 때
기억 위에 다시 추억의 집을 짓고
잃어버린 별 하나 천천히 찾는다

기억이 흐르는 빗물이라면
추억은 쌓이는 눈인데
누가 하늘을 우러르지 않는가

기억은 촛불을 켜고
추억은 반딧불을 켜는데
누가 불꺼진 가슴이 있다 하는가
이별은 추억 위에 기억
기억 속에 다시 추억

키가 큰 폭포의 물보라가 그린 무지개
반달 같은 거울에 안개빛 눈물이 흐를 때
폭포 아래 다시 용궁의 꿈을 짓고
입을 다문 섬 하나 조용히 그린다

별별달달

다른 별나라에 가면 사랑이 없고
지구에만 사랑이 있지
우리 둘에게만 보이는 사랑별이야
여기 황금마차가 있으니
너와 같이 마차를 타고
우리 별을 향해 달려가 보자

아무리 별의별
수많은 별이 있다 해도
가슴이 따뜻한 사람은 따뜻한 별을 갖고
가슴이 빛나는 사람은 빛나는 별을 다는
별지기야

다른 달나라에 가면 그리움이 없고
지구에만 그리움이 있지
우리 둘에게만 보이는 사랑 달이야
여기 계수나무가 있으니
너와 같이 나무 아래 앉아
우리 달을 향해 언약해 보자

아무리 달의 달
수많은 달이 있다 해도
마음이 선한 사람은 반쪽의 달을 갖고
마음이 빛나는 사람은 보름의 달을 다는
달마중이야

헌화가(獻花歌)

매나 범이 아니고서야
바위 끝에 발이나 붙이겠는가
꿩이나 바람이 아니고서야
바위 틈에 꽃을 피우겠는가

벼락이 깎아 낸
바람벽에 핀 꽃 한 송이 꺾어
그대에게 드리려는데
꽃은 나를 꽃으로 대하지 않고
그대도 나를 꽃 도둑이라 부르니
내사 천길 감옥에 떨어져도
한번 꽃숨 쉬며 사는 게 소원이라

토끼나 노루가 아니고서야
바위 그림자에 놀라 도망가겠는가
별과 달이 아니고서야
밤에만 나타나는 반짝 사랑이겠는가

꽃뱀

그대는 늘 꽃과 뱀과 같이 있었다
향기나지 않는 꽃과
독이 없는 뱀이지만
머리에 화관을 쓰고
허리에다 뱀을 칭칭 감고 사는데
한번도 꽃이 시들었다거나
뱀에게 물렸다는 소릴 들은 적 없으니
그대는 참 재수가 좋은 사람
난 언제 꽃뱀에 물려
눈멀고 귀 어둔 사람이 될까

그대는 늘 술과 담배와 같이 있었다
취하지 않는 술과
불꽃 없는 담배지만
빈 병을 머리맡에 두고
귓바퀴를 담배꽂이 삼아 피는데
한번도 술맛이 없다거나
담배연기 속에다 촛불 켜 둔 적 없으니
그대는 참 낭만이 있는 골초
난 언제 물불과 벗되어
낯 설고 밤 익은 시인이 될까

물벽

물고기가 입 벌리고 말을 하지만
그 말이 들리지 않는다
소리 없는 말
입만 벙싯거리는 헛소리
소리 없는 물과
소리 없는 물고기와의 대화는
보이지 않는 물벽 때문이다
보이지 않는 벽이 더 투명해도
그 벽이 무너지면
그곳에 하늘을 담아내는
그대 얼비치는 마음 천국이 있다

물고기가 눈을 뜬 채 울고 있지만
그 눈물을 읽어 내지 못한다
감지 않는 눈
눈알이 빛나지만 헛보기
보이지 않는 눈물과
깜빡이지 않는 물고기와의 눈맞춤은
움직이지 않는 시선 때문이다
움직이지 않는 눈이 더 정직해도
그 시선이 감기면
그곳에 섬을 띄워 놓고
그대 별 지키는 무인등대가 있다

봄날의 편지

봄에는 별을 헤지 마라
눈부신 해 하나만으로도
꽃이 피고 새가 노래하지 않느냐
해가 하나이듯
사랑도 하나
네가 하나이듯
내 그리움도 하나
수많은 별이 빛난다 해도
그건 수만 년을 달려온 숨가쁜 빛이라
나와 눈마중의 시간이 없다
봄에는 별을 헤지 마라
네가 나의 붙박이 별이 아니더냐

봄에는 눈을 감지 마라
눈뜨는 풀꽃 한 포기만으로도
향기나고 눈에 꽃물 들지 않느냐
꽃도 한 번 피듯
인생도 한 번
네가 이슬이면
내 꽃말도 눈물
수많은 꽃들이 핀다고 해도
그건 본디의 색깔로 돌아가는 몸짓이라
나와 헤어져도 절망이 없다
봄에는 눈을 감지 마라
네가 나의 지지 않는 꽃이 아니더냐

함께 가는 길

떨어지는 것은
넓이가 아닌 깊이가 오는 것이다
해가 떨어지면
별자리와 꿈이 오는 것
별똥별이 떨어지면
샛별과 기다림이 오는 것이다

그래도 우린 떨어지지 말자
떨어지는 것은
하나가 둘 되는 일이라서 그런 거다

떨어지는 것은
절망이 아닌 희망이 오는 것이다
빗방울이 떨어지면
무지개와 폭포가 오는 것
꽃잎이 떨어지면
열매와 향기가 오는 것이다

떨어지는 것은
이별이 아닌 사랑이 오는 것이다
사람이 떨어지면
보고픔과 그리움이 오는 것
그대와 떨어지면
보물섬과 돛단배가 오는 것이다

우연과 필연

넌 아무 말하지 않아도
바람이 먼저 말을 걸고
넌 아무 노래하지 않아도
나무가 먼저 노래를 부르네

기쁨이 먼저냐 웃음이 먼저냐
그걸 묻지 말고
우연의 만남인가 필연의 만남인가
그걸 물어도 안 되는
이 겨울에 넌 아무것도 묻지 않고
눈 감지 않아도 별을 보고
숨 쉬지 않아도
가슴부터 먼저 뛰는 몸이잖아

내가 네게 불씨를 심어서
너는 불꽃으로 타고
너는 아무 그림자가 없어도
빛 앞에 선 눈부신 얼굴이잖아

슬픔이 먼저냐 눈물이 먼저냐
그걸 묻지 말고
우연의 이별인가 필연의 이별인가
그걸 물어도 안 되는

이 겨울에 넌 아무것도 묻지 않고
눈뜨지 않아도 바람을 알고
손 흔들지 않아도
뱃고동 울리며 떠나는 배잖아

내가 네게 첫눈을 내리면
너는 무인도로 남고
너는 아무 인기척이 없어도
눈꽃과 함께 불어가는 바람이잖아

사파리 (사랑하고파 우리)

사랑하고파 우리, 우리는
사파리 여행을 떠난다
초원 한가운데로 길 없는 길을 내며
하나뿐인 목숨 걸고 사랑을 찾아 달린다

가치 있는 사랑은
목숨을 걸고 싸워야 하는 법
초원에 사는 목숨들은
사랑을 위해 죽고 사는 것

사람은 소곤소곤 말과 사랑으로 살고
나무는 따끔따끔 잎과 가시로 산다
얼룩말은 얼룩얼룩 방어무늬로 살고
가젤은 사뿐사뿐 멀리뛰기로 산다
치타는 치치타타 빠른 속도로 살고
사자는 쩌렁쩌렁 갈기 힘으로 산다

마주보고픈 사이, 사이는
마사이 사랑을 찾는다
체크 망토를 입고 검은 춤을 추며
사랑따라 이동하는 마사이 마사이마라

산을 닮은 사랑은
킬리만자로 설산 눈모자를 쓰는 법
호수가 있는 가슴속엔
뜨거운 해를 품고 사는 것

사람은 하하흐흐 웃음과 눈물로 살고
바람은 솔솔라라 노래와 춤으로 산다
기린은 겅중겅중 뒷다리차기로 살고
하이에나는 헐레벌떡 무법 끈기로 산다
무소는 좌뿔우뿔 박치기 힘으로 살고
코끼리는 끼리끼리 코의 채찍으로 산다

널 그리며

비는 그릴 수 있어도
빛은 그릴 수 없네
그릴 수 없는 것이
그릴 수 있는 것보다 더 눈부시지

꽃은 그릴 수 있어도
향기는 그릴 수 없네
그릴 수 없는 것이
그릴 수 있는 것보다 더 달콤하지

그래 그리지 않고
아름답게 생각하는 그게 사랑이야
무거움은 입의 묵음이고
그리움은 마음의 그림이라
아침의 꽃은 쉬이 피지만
저녁의 꽃은 천천히 피는 거야

눈물은 그릴 수 있어도
마음은 그릴 수 없네
그릴 수 없는 것이
그릴 수 있는 것보다 더 진실하지

사람은 그릴 수 있어도
사랑은 그릴 수 없네
그릴 수 없는 것이
그릴 수 있는 것보다 더 따뜻하지

어린 왕자의 사랑

가다가 사막에서 길을 잃으면
작은 별 하나만 그려 줘
해가 떠도 지워지지 않는 별
그 옆에는 장미나무 한 그루도 그려 줘
세상에 대항할 무기라고는
겨우 가시 네 개뿐이지만
그래도 장미는 향기가 있다는 걸 기억해 줘

내 별이 작아 찾지 못하더라도
너무 슬퍼하지는 마
두 사람이 함께 있을 자리가 없으니
별끼리 모두 친구이니 그냥 말을 걸면 돼

살다가 살다가 힘을 잃으면
보아 뱀 한 마리 그려 줘
해가 져도 무섭지 않은 뱀
그 옆에는 여우라도 한 마리 그려 줘
사막에 도와줄 목숨이라곤
긴 꼬리 하나뿐이지만
그래도 여우는 서로가 필요함을 알고 있어

하루에 1440번 해가 지더라도
매번 나이를 먹지는 마
우리는 별을 떠나야 별을 보는 것
시간이 가면 너도나도 낯익은 별이 될 거야

사랑하는 사람

사랑하는 사람은
하나의 얼굴이 아니더라
자세히 보면
두 개 세 개의 얼굴이더라

서 있을 때 풀로 보이던 것이
앉아서 보니 꽃이고
멀리서 눈물로 보이던 것이
가까이 보니 진주로 보이더라
아아, 만나 바람에 춤추던 것이
헤어지고 나니 마음을 흔드는 지진이더라

눈 뜨고는 반딧불이던 것이
눈 감고 보니 왕관이고
깨어서 타향으로 보이던 곳이
잠들어 보니 모두가 고향이더라
아아, 함께 무지개 하늘이던 것이
떠나고 나니 수천의 용비늘 폭포이더라

낯설게 하기

사랑이란 낯설게 하기
거울 앞에서 다른 얼굴을 만드는 것
다른 얼굴로 좋은 사람과 만나는 것
매일 만나도 낯설도록 새롭게 표정을 바꾸는 것
표정을 바꾸어도 언제나 꿈꾸는 눈동자일 것
꿈꾸는 눈동자에는 서로의 눈에만 보이는 별일 것
꼭꼭 비밀로 아프게 숨은 별 하나 가지는 것

사랑이란 무엇일까
그 답을 안다면
우린 사랑을 잘 할 수 있다
사랑이란 무엇일까
하루 세 번씩 물어본다면
우린 영원토록 사랑할 수 있다

사랑이란 애매하게 하기
둘이 만나서 희미한 안개 속을 걷는 것
안개 속에서 살며시 한쪽 눈만 뜨는 것
언제 보아도 시나브로 조금씩 흔들리며 걷는 것
걸으며 흔들려도 언제나 잘 뛰는 맥박일 것
뛰는 가슴속에는 뜨거운 체온으로 자라는 꽃일 것
끝내 심장에 붉은 가슴꽃 한 송이 피우는 것

니캉내캉

강 앞에서 싸우지 마라
금방 물에 뛰어들 기세로
니江 내江 싸워도
어울더울 수평선은 누구편도 아니다
칼로 강물을 벨 수 없듯
목소리로 파도를 만들 수 없듯
니川 내川 따로 흐르지 말고
같이 피우는 물무늬 꽃이 되자

니캉 내캉
강강 한강의 물길이 되어
벌름벌름 심장이 하나로 뛰는
바다 가슴으로 흘러가자

길 앞에서 싸우지 마라
금방 딴길로 돌아갈 기세로
니길 내길 싸워도
구불구불 인생길은 왕복길이 아니다
벽으로 길을 막을 수 없듯
바람으로 길을 지울 수 없듯
니道 내道 따로 걸어가지 말고

같이 걷는 동행의 친구가 되자

니길 내길
길길 삼천리 외길이 되어
뚜벅뚜벅 그림자 하나로 걷는
광야의 들판으로 걸어가자

겨울에 피는 꽃

겨울에는 깊어져야 꽃이 핀다
우물이 깊어지고
두레박이 길어지고
그러다 마음이 어는 날 오면
어둠이 깊어지고
생각이 길어지고
이름 모를 그리움에 낯선 꽃이 핀다

겨울에는 안으로 꽃이 핀다
향수가 깊어지고
추억이 길어지고
그러다 문풍지 우는 밤이 오면
뿌리가 깊어지고
고독이 길어지고
불빛 없는 섬에 혼자 꽃이 핀다

겨울꽃은 살펴도 꽃잎이 없다
눈꽃이 피어나고
서리꽃이 눈을 뜨고
그러다 눈물꽃 피는 시간 뒤에
화로꽃이 피어나고
대화꽃이 눈을 뜨고
사람꽃이 흔들리며 봄이 온다

가을 그리기

이슬이 돋는 푸른 병풍에다
붉은 붓을 들어 칠한다
물들어 가요
물들어 가요
그리고 두 이레 뒤
명경 하늘만 남은 나의 머리에는
서리가 성성

붓을 들어야 가을이 오고
눈을 들어야 사랑이 온다

살을 사르는 붉은 화덕에다
푸른 관을 집어넣는다
불들어 가요
불들어 가요
그리고 한 달 뒤
하얀 머리뼈만 남은 가을 마당에는
첫눈이 분분

문을 열어야 하늘이 보이고
마음을 열어야 천국이 보인다

꽃보기

꽃이 피는 걸 보려고
꽃이 웃는다고
말했다
웃어 봐 웃어 봐

꽃이 웃는 걸 보려고
꽃이 해 본다고
말했다
해를 봐 해를 봐

꽃이 웃으면 만남이고
꽃이 해를 보면 사랑이야

꽃이 춤추는 걸 보려고
꽃이 걷는다고
말했다
걸어 봐 걸어 봐

꽃이 지는 걸 보려고
꽃이 접힌다고
말했다
접어 봐 접어 봐

꽃이 걸으면 떠남이고
꽃이 날개 접으면 이별이야

마이 마이

돌개바람에도 무너지지 않는
작은 돌탑을 보고
겁먹은 나무의 그림자끼리 탑돌이하네
물방울이 수직으로 일어서는
역고드름 기적을 보면서
동자승들 모여 검지로 손가락 놀이를 하네

내 귀로 사랑한다 소리를 들으려
마이 마이 산 너머 여기까지 왔는데
돌아오는 길에 누가 등뒤에서
암마이 숫마이처럼 잘 어울려 살라 하네

바위 옆얼굴을 바라보고 웃는
아침 해를 보고
연인들이 무지개 동심원 안고 볼부림하네
마이의 동풍에는 머리를 젓고
벽안의 실눈을 뜨고서
부처는 천년의 푸른 솔바람 독경을 하네

사월의 눈물

사월의 문설주에 가벼이 기대서서
아지랑이가 피운 꽃들을 찾아볼까
사월이 가는지
사월이 오는지 알 수 없는

사월의 연둣빛 커튼을 젖히고
남쪽 창을 열어 볼까
꽃이 먼저 피는지
잎이 먼저 피는지 알 수 없는

사월의 편지를 길게 써 놓고
누구에게 부칠까
떠날 이에게 부칠 건지
올 이에게 부칠 건지 알 수 없는

사월의 밭에 나무를 심어 두고
무엇부터 해야 할까
물을 줄 건지
지지대를 세울 건지 알 수 없는

사월의 바람에 푸른 눈을 뜨고
어디에 시선을 둘까
가지는 남쪽으로
뿌리는 북쪽으로 뻗는 걸 모르는

윤사월에 네 눈물을 닦으며
어떤 꽃말을 부쳐야 할까
물망초는 잊지 마라
봉숭아는 손대지 마라 하는 걸

봄날의 약속

봄은 가슴으로 안아야 한다
그래야 가슴이 설렌다
봄을 등으로 업으면
그림자도 짐이 되어
아지랑이 길이 가물거릴 뿐

봄은 눈으로 보아야 한다
그래야 얼굴마다 꽃이 핀다
봄을 손으로 만지면
고운 꽃물이 들어도
숨은 가시에 찔려 피가 흐를 뿐

봄은 해시계로 걸어야 한다
그래야 마음에 새순이 돋는다
바람의 시계를 들여다보면
꽃 피는 줄도 모르고
마냥 흔들리다가 꽃잎이 질 뿐

봄은 적이 없는 전쟁이라야 한다
그래야 무성의 총을 쏘게 된다
가만히 평화만 누리다가
붉은 감옥에 갇혀도
꽃총 맞고 포로가 되고 싶을 뿐

서울역

시간이 멎지 않는
그 섬이 그리우면 서울역을 가라
앞으로는 차의 강물이 흐르고
뒤로는 만리재 그림자가 노를 젓는 곳
그 섬을 제국이라 부르면
여왕이 앉아 있고 공주도 나오더라
살기 좋은 그 나라에는
평등의 철길이 있어
함부로 앞서거나 뒤처지지 않는
불문법이 지켜진다

마음이 허허하면
사람을 만나는 서울역을 가라
북으로 가려면 경의선을 타고
남으로 가려면 경부선을 타면 되는 것
그곳을 나라라고 부르면
누구나 왕이 되고 하인은 없더라
마마 없는 그 나라에는
폭신한 의자가 있어
맘대로 앉거나 일어서도 되는
사람법이 자리한다

즐거운 위안

그냥 피는 꽃이 어디 있느냐
봄꽃은 봄바람에
도둑처럼 밤이슬 견디어 피고
가을꽃은 된바람에
청상처럼 찬 서리 이기어 피며
그래도 꽃은 어김없이 피어나지 않느냐

향기 없는 꽃이 어디 있느냐
봄은 유채꽃
파도치듯 지천에 들불로 번지고
가을은 들국화
열꽃 피듯 군데군데 산불로 번지며
그래도 꽃은 아낌없이 향기롭지 않느냐

눈물 없는 이별이 어디 있느냐
낮에는 해에게서
뜨거운 눈물 샘을 찔리고
밤에는 별에게서
차가운 별똥별 분수를 맞으며
그래도 이별은 소리없이 눈물로 오지 않느냐

사랑 없이 살다가는 사람이 어디 있느냐
초춘엔 첫사랑에
가슴 조이며 연모의 시간으로 살고
만추엔 끝사랑에
두 손 모아 구원의 기도로 살며
그래도 사랑은 사라져도 사람이 있지 않느냐

제2부

가라리 네히

가라리 네히

서울 밝은 달빛 아래/ 둘이서 한참 거닐다가
카페에 들어 나란히 앉아/ 블랙블랙 커피를 마시다
무심히 의자 아래를 바라보니/ 어쩌야 가라리 네히어라
둘은 내 것이고/ 둘은 니 것이니/ 네히가 이제 우리 것
너와 나 나와 너/ 우리 사랑을 여기서 확인하는데

가라리 네히/ 가라리 네히어라
둘흔 내 것이고/ 둘은 니 것이나
본디 네히가 우리 것/ 우리 함께 가는 사랑의 다리라

탐라 푸른 등대 앞에/ 같이 오래 서 있다가
모래톱 걸어 발자국 찍어/ 반짝반짝 수평선 걸어가다
무심히 발 아래를 바라보니/ 어머야 가라리 네히어라
둘은 내 것이고/ 둘은 니 것이니/ 네히가 이제 우리 것
너와 나 나와 너/ 우리 사랑을 여기서 맹세하는데

하나밖에 없는 사랑

지구가 하나이듯
목숨이 하나이듯
하나밖에 없는 것은 소중하지

이 세상에 하나밖에 없는 내 지문 눌러
약속하고 싶은 것이 있다
이 세상에 하나밖에 없는 내 색깔로
그려 두고 싶은 것이 있다
이 세상에 하나밖에 없는 내 목소리로
불러보고 싶은 것이 있다

네가 하나이듯
사랑도 하나이듯
하나밖에 없는 것은 고귀하지

이 세상에 하나밖에 없는 내 눈동자로
바라보고 싶은 것이 있다
이 세상에 하나밖에 없는 내 목숨 바쳐
바꾸어 보고 싶은 것이 있다
이 세상에 하나밖에 없는 내 영혼 찾아
따라가 보고 싶은 것이 있다

프러포즈

내가 너에게 프러포즈할 때
사랑은 시작이 중요하다고 했지
네게 바친 글 한 줄이
장미꽃 백 송이보다 향기롭다 했지
네게 부른 노래 한 소절이
가을하늘에 무지개 발자국 같다고 했지
그렇게 우리 사랑은 시작되고
오늘도 너의 눈을 바라보고 있지만
사랑은 시작보다 끝까지 가는 것
그래 우리 끝까지 가자

니가 동쪽에 있으면 정동진으로 가서 눈에다 키스를 하고
니가 서쪽에 있으면 정서진으로 가서 볼에다 키스를 하리
그래 동서남북이 세상 끝이라 해도
다시 해가 뜨고 다시 우리 사랑은 계속되리

내가 너에게 프러포즈할 때
사랑은 과정이 중요하다고 했지
네게 정해 준 별 하나가
아침해 하나보다 빛난다 했지
네게 보여 준 눈밑 점 하나가
어둔 바다 열어 주는 등대 같다고 했지
그렇게 우리 사랑은 무르익고
지금도 너의 마음을 지켜 주고 있지만
사랑은 과정보다 끝까지 가는 것
그래 우리 끝까지 가자

꽃 피우기

눈은 같은 곳을 바라보고
귀로 눈 내리는 소리를 들어라
입은 모나리자 미소를 그리고
가슴으로 두근두근 맥박 소리 느껴 보자

사랑은 잎으로 하는 게 아니라
꽃으로 하는 것
꽃밭에 봄이 와야 사랑의 꽃이 피는
피어라 피워라
봄꽃으로 우리 사랑이여 피어라

손은 맞잡아야 춤이 되고
등은 뒤꼭지가 닿도록 기대어라
걸음은 징검다리 건너듯 다가가고
마음으로 하나두나 별자리를 불러 보자

사랑은 말로 하는 게 아니라
눈으로 하는 것
눈빛으로 말을 해야 웃음의 꽃이 피는
피어라 피워라
웃음꽃으로 우리 꿈이여 피어라

주피터

난 너를 향해 돌고
넌 나를 향해 빛나는 별로 만나
너는 나를 다스리는 신
나는 너를 섬기는 주피터

너의 일 년이 나에겐 십이 년이니
니가 백 살이 될 때까지 천이백 년 동안이라도 사랑하리
나는 달 하나 네 달은 육십세 개니
니가 달마중 하도록 6일에 한 번이라도 눈감아 주리
너의 하루가 나에겐 9시간 55분
니가 삼시세끼 알도록 3시간마다 러브콜을 들려 주리

전엔 나의 별, 이젠 너의 별
오 나의 주피터
오 마이 루케티우스, 엘리키우스, 라티아리스
오 마이 러브, 오오 마이 주피터

인연의 연인

그대는 옷깃만 스쳐도 인연이라지만
나는 옷깃만 닿아도 아프다
인연이 연인이 되고
연인이 인연이 되는 만남에서
우린 남남이 만나
님님 되는 사랑이라

인연의 연인을 만나
연인의 인연을 지켜 가는
그것이 진실이고
그것이 참사랑이 되는 그 길을 간다네

그대의 옷깃은 따스한 손길이라지만
때로 날카로운 칼날이 된다
어둠이 별을 만들고
상처가 상처를 지우는 사랑에서
우린 흉터가 없는
우연이 맺은 필연이라

물불사랑

사랑은 물드는 것
나는 너에게
너는 나에게 물들어
같은 색깔이 되는 것
물드는 일도
물들이는 일도 다 우리의 일
하양이나 검정이라도 좋아
지워지지 않는 같은 색깔로 물들어
너와 내가 술래가 되는 것

사랑은 불타는 것
나는 너에게
너는 나에게 불붙어
하나의 불꽃이 되는 것
불타는 일도
불태우는 일도 다 둘만의 일
횃불이나 모닥불이라도 좋아
꺼지지 않는 같은 불꽃으로 타올라
너와 내가 불잠에 드는 것

사랑은 같은 색깔로 물들고
사랑은 불꽃 하나로 타오르는
물불 가리지 않는 그게 아름다운 거야

사랑의 말

사랑의 말은 두 글자도 길다
사랑 사랑 사랑이란 두 글자
청춘같이 귀한 그 시간을
바람같이 짧은 그 시간을
말잔치하는 건 너무 아까워
이제 난 너에게 한 글자로 말을 하리
나, 너, 꿈   봄, 해, 꽃
물, 불, 쇠   강, 산, 별
이 말이 어우러져 멋진 우리 사랑이 되리

삶의 말은 한 글자도 길다
삶 삶 삶이란 한 글자
하늘같이 높은 그 가슴을
바다같이 깊은 그 마음을
말꼬리 잡는 건 너무 서러워
이제 난 너에게 한 몸짓으로 말을 하리
눈, 코, 입   귀, 이, 혀
손, 발, 등   배, 땀, 피
이 몸짓이 하나 되어 춤추는 우리 삶이 되리

사랑의 말은 두 글자도 길고
삶의 말은 한 글자도 긴 것

바로 너

눈 뜨면 가장 먼저 생각나는 그대
그게 사랑이야
눈 감으면 가장 먼저 떠오르는 추억
그게 사랑이야

사랑은 눈을 뜨고 꾸는 꿈
꿈을 꾸어도 천연색 꿈
추억은 눈을 감고 그리는 그림
그림을 그려도 흑백의 그림
그 속에서 그대가 주인공이야
말하지 않아도 통하고
웃어 주지 않아도 웃음이 나오는
시간이 잠시 멈추는 그게 우리 사랑이야

음악을 들으면 먼저 그려지는 얼굴
그게 바로 너야
바람이 불어오면 먼저 느껴지는 촉감
그게 바로 너야

사랑의 문

사랑의 문은 좁아도
그 문을 향해 걸어간다
너는 언제나 나의 문
기대고 두드리고 기다리고
그러다 마침내 열고 들어가
조용히 문을 닫는다

문이 없는 곳에서
보이는 사람은 너밖에 없어
네 마음의 초인종을 누르고
너만을 사랑한다
영원히 사랑한다 그렇게 말해 주련다

이별의 길은 멀어도
그 길을 향해 걸어간다
너는 언제나 나의 길
걷다가 쉬다가 뛰다가
그러다 마침내 두 손 흔들며
말없이 길이 끝난다

길이 끝난 곳에서
같이할 사람은 너밖에 없어
네 든든한 어깨에 기대어
너만을 함께한다
영원히 함께한다 그렇게 말해 주련다

사랑은 닮는 것

산다는 것은 닮는 것이야
기쁨은 기쁨을 닮고 슬픔은 슬픔을 닮고
그리움은 그리움을 닮는 거야
사랑하는 것도 닮는 것이야
내가 너를 닮고 너도 나를 닮고
마음은 마음을 닮는 거야
닮은 것을 마음에 담는 고백 뒤에
서로 닮아져 몰라보는 쌍둥이가 되는 거야

무엇하러 거울을 보니
너를 보면 나를 보는 건데
무엇하러 꽃을 꺾니
너를 만나면 꽃을 가진 건데

떠나는 것은 닮는 것이야
어둠은 어둠을 닮고 눈물은 눈물을 닮고
사무침은 사무침을 닮는 거야
멀어지는 것도 닮는 것이야
내가 너를 지우고 너도 나를 지우고
이별은 이별을 닮는 거야
닮은 것을 지우는 그림자 뒤에
서로 어두워져 몰라보는 남남이 되는 거야

무엇하러 어둠을 보니
너를 떠나면 나를 떠나는 건데
무엇하러 그림자를 보니
너를 지우면 별이 보이는 건데

사하라의 고백

세상에서 가장 뜨거운 사막으로 가서
목이 터져라
나는 널 사랑한다 그렇게 고백하리라
태양과 모래밖에 없는 사하라에서
사하라 사랑하라 외치다가
그래도 대답이 없으면
모래 위에다 이렇게 편지를 쓴다
넌 나의 하늘이고
난 하늘과 맞닿은 너의 사막이다

널 위해 바오밥나무 한 그루를 심고
거대한 피라미드 하나를 세우리라
넌 오아시스
난 너를 찾으러 길을 간다
사하라 길을 가다 보면
가장 마지막엔 너 하나만 남는다

세상에서 가장 넓은 사막으로 가서
눈이 부셔라
나는 널 보고 싶다 그렇게 기도하리라
여우와 방울뱀밖에 없는 사하라에서

사하라 사랑하라 부르다가
그래도 소리가 없으면
바람 벽에다 이렇게 휘파람을 분다
넌 나의 길이고
난 사막을 걸어가는 너의 낙타이다

사랑사전

사랑사전에는
반댓말이 없습니다
그 사전에는
사랑이란 말도 없습니다
미소 짓기 순수하기 이해하기 기뻐하기
이런 말 뒤에
겸손하기 진실하기 용서하기 감사하기

사랑은
반댓말을 찾는 게 아닌
같은 말이나 비슷한 말 찾기
그리고 그중에서
형용사와 동사만 골라 찾기

사랑사전에는
반댓말이 없습니다
그 사전에는
이별이란 말도 없습니다
기다리기 여유롭기 따뜻하기 자유롭기
이런 말 뒤에
지혜롭기 친절하기 어울리기 하나 되기

사랑이란

타오르는 사랑은 흔하지만
꺼지는 사랑을 피우는 일은 귀하기에
귀한 절망을 안고 우는 아픔 앞에
허허 사막의 선인장으로 서서
가시 돋우고 꽃을 피우는 일은
가슴 찌르는 사랑이라

사랑은 가슴을 찌르는 아픈 침이지만
때로는 찢긴 맘을 깁는 바느질
그대는 찔리고 깁는 그 사랑을 아는가
찔리지 않으면
기울 수 없다는 말 하나 적어 두고
우리 거울 앞에 같이 서자

선인장의 그림자 뒤편에도
초록의 생명을 피우는 영토는 아름다워
바늘 희망을 품고 선 기쁨 앞에
꼿꼿 피우는 선인장으로 서서
바람 마시고 이슬 토하는 일은
마음 찌르는 눈물이라

사랑의 정의

사랑은 무엇인가
사랑은
나도
너도 아닌
가슴 하나의 우리를 만드는 것
우리는 한 글자로
울
하나의 무쇠팔로 끌어안는
튼튼한 울타리
사람을 하나의 집으로 만드는
그건 아버지의 근육질 사랑이야

사랑은 무엇인가
사랑은
줌도
받음도 아닌
마음 하나의 산목숨을 만드는 것
마음은 한 글자로
맘
하나의 목화솜 체온을 가진
포근한 맘이불
세상을 새로운 보금자리로 펴는
그건 어머니의 다림질 사랑이야

물 같은 사랑

물, 물, 물, 나에게 물을 달라
뜨거우면 끓어서 좋고
차가우면 얼어서 좋아
워, 워, 워 워터로 워터로 달라

물은 물끼리 싸우지 않는다
물은 주먹이 없고
물은 부드러운 긴 팔이 있다
물은 긴 팔로 안을 줄 알며
물은 하나가 되는 사랑법을 안다
물은 부리가 둥글고
물은 바다의 소리를 낼 줄 안다
물은 맨발로 하늘을 걸으며
물은 무지개 가슴을 지녔다
물은 가슴에 해를 담으며
물은 하늘 같은 구애를 한다
물은 맑은 눈동자가 있으며
물은 언제나 빛나는 얼굴을 한다

물, 물, 물, 나에게 물을 달라
뜨거우면 끓어서 좋고
차가우면 얼어서 좋아
워, 워, 워 워터로 워터로 달라

어찌하리야

사랑할수록 죄가 된다고 해도
나는 사랑을 위해
죄인이 되리라
사랑의 죄는 언제나 무죄
죄를 짓지 않고
사랑할 수 없음에
나는 너를 마음까지 구속하려 한다

어찌하리야
사랑과 꿈을 위해
우리는 죄인이 되고 혼자도 되고
어찌하리야
우리는 죄를 쓰다듬고 상처도 쓰다듬고
그렇게 살아가야지

행복할수록 상처가 생긴다 해도
나는 행복을 위해
혼자가 되리라
행복의 죄는 언제나 무혐의
노래 부르지 않고
행복할 수 없음에
나는 너의 침묵을 깨뜨리려 한다

사랑의 꽁초

작은 실탄이었다
불을 붙였다
연기를 내뿜었다
뜨거운 총알이
머리 위로 날아갔다

땅에 떨어져 불이 되어 버린 꽃
다시 꽃을 피울 수 없어
던지는 매운 한마디
키스해 놓고 버리지 마세요
짓밟아 놓고 떠나지 마세요

작은 사랑이었다
혀가 닿았다
가슴이 뛰었다
뜨거운 총알이
심장으로 날아왔다

사랑 쓰기

내가 나를 쓰면 일기이고
내가 너를 쓰면 편지다
오늘도 나는 쓰고
너는 읽는
우리 사랑의 책 한 권
그 길은 멀어도 하룻길
그 사람은 낯설어도 미인이다
하루라도 널 쓰지 않으면
손에 쥐가 나고

내가 진실을 쓰면 수필이고
내가 허구를 쓰면 소설이다
오늘도 나는 쓰고
너는 읽는
우리 삶의 책 한 권
그 길은 험해도 오솔길
그 사람은 없어도 동행이다
하루라도 널 읽지 않으면
눈에 별이 돋고

내가 웃음을 쓰면 만남이고
내가 눈물을 쓰면 이별이다

오늘도 나는 쓰고
너는 읽는
우리 인연의 책 한 권
그 길은 끝나도 망부석
그 사람은 떠나도 등대다
하루라도 널 그리지 않으면
마음에 비가 오고

하루 열두 번

세상에서 가장 소중한 말은
사랑해
그래도 너에게 그렇게 말할 순 없어
넌 나에게 하나밖에 없는
움직이는 별이기에
낮이건 밤이건 널 바라볼 수밖에
사랑해 그 말보다는
세상에 하나뿐인 우리 사랑을 위해
하늘 높이 하랑해
바다 깊이 바랑해 그렇게 말할래
하루에도 열두 번 그렇게
세상에서 가장 소중한 너에게 그렇게

세상에서 가장 가까운 말은
여보야
그래도 너에게 그렇게 부를 순 없어
넌 나에게 하나밖에 없는
해 같은 사랑이기에
사막이건 가시밭이건 널 지켜 줄 것이야
여보야 그 말보다는
세상에 하나뿐인 나의 사람을 위해
영원 보물 영보야
꿈꾸는 꽃 마리화 그렇게 부를래
하루에도 열두 번 그렇게
세상에서 가장 가까운 너에게 그렇게

그대를 찾아

꿈속에서 꿈을 꾸고
사람 속에서 사람을 찾으며
사랑 속에서 사랑을 찾고
꽃 앞에서 꽃을 찾으며
별 안에서 별을 찾고
바람 속에서 바람을 기다린다
아 여기가 어디쯤인가
길은 끝이 있는데
마음은 끝이 없는
오늘도 그대 찾아 길을 간다

빗속에서 비를 그리고
무지개 속에서 무지개를 찾으며
바다에서 바다를 찾고
섬 안에서 섬을 찾으며
배에서 배를 찾고
등대 앞에서 등대를 그린다
아 여기가 어디쯤인가
삶은 끝이 있는데
그리움은 끝이 없는
오늘도 그대 따라 항해한다

사랑의 꽃말

꽃말을 뭐라고 붙여도
사랑을 하면 꽃말이 바뀐다

네가 장미꽃으로 오면
나는 안개꽃으로 서서
우린 하나의 꽃병에
사랑과 죽음으로 만나도 뜨겁다

사랑하면 너로 하여
하얀 죽음도 붉은 사랑 된다

네가 백합꽃으로 오면
나는 국화꽃으로 서서
우린 하나의 꽃집에
봄과 가을로 만나도 뜨겁다

사랑의 온도

오르고 내리는 일이 어찌 쉬우랴
지구 온도 1도를 올리려면 사랑을 하고
바다 온도 1도를 낮추려면 이별을 하거라
사랑하고 이별하는 게
얼마나 어려운 일인지를 안다면
지구별 안에서
지워지지 않는 수평선을 그어
바다 위에 사는 외로운 그대 섬 하나
오래도록 파도로만 문지르며 살 일이다

언어의 온도 1도를 올리려면
얼마나 그대 귀에다 속삭이고
바람의 온도 1도를 낮추려면
얼마나 마음의 풍차를 돌려야 하는가

주고받는 일이 어찌 쉬우랴
가슴 온도 1도를 주려면 노래를 하고
눈물 온도 1도를 받으려면 시를 외거라
주고서 받는다는 게
얼마나 어려운 일인지를 안다면
어둠 속에서
주소 없는 별들의 집을 찾아
꿈속에 잠든 길 잃은 그대 별 하나
천리장성 그리움의 울을 치고 살 일이다

사랑의 문

누구에게나 사랑의 문은
앞뒤가 없다

사랑하면 앞문이 닫히며
하나뿐인 해가 뜨고
헤어지면 뒷문이 열리며
무수한 별이 뜬다
어느 문이 닫히거나 열려도
다 사랑이라는데
그대는 어떤 문을 여닫고 있는가

우리에게는 사랑이 떠나야
앞뒤가 보인다

사랑의 원근법

가까우면 해가 되고
멀어지면 별이 되는
가까우면 눈부시고
멀어지면 반짝이는
이 사랑의 거리는
가슴의 거리보다 가깝고
우주의 거리보다 먼데
그대는 아는가
내가 있는 사랑의 거리를

가까우면 봄꽃 피고
멀어지면 가을꽃 피는
가까우면 기다림이고
멀어지면 그리움인
이 연모의 거리는
숨결의 거리보다 가깝고
천국의 거리보다 먼데
그대는 아는가
내가 있는 가슴의 거리를

용설란(龍舌蘭) 사랑

봄이 백년에 한번 온다면
꽃도 백년에 한번 피어
백년을 기다려서라도 널 맞으리
한 세기 안에
꽃을 보지 못한다 해도
푸른 뿌리만 닿아도 좋으리

꽃은 눈 도둑
향기는 코 도둑
그 도둑에게 마음마저 빼앗겨
눈멀고 숨이 멎어도

사랑이 백년에 한번 온다면
이별도 백년에 한번 오는
백년을 기다려서라도 널 만나리
한 생애 안에
사랑을 하지 못한다 해도
바람으로 다가가 널 깨우리

최고의 명언

지나간 것은 반딧불이처럼 반짝이고
다가오는 것은 번개처럼 번쩍인다
지나간 것은 눈 감아도 보이고
다가오는 것은 눈 크게 떠도 보이지 않는다
그래서 지금이 중요하다
만남이 모래시계처럼 흐르고
실눈 지그시 떠도 네 얼굴만 보인다

그러니까 사랑했다보다
사랑하리라보다
지금 널 사랑한다
이보다 최고의 명언은 어디에도 없다

흘러간 것은 파도처럼 부서지고
흘러오는 것은 해일처럼 일어선다
흘러간 것은 돌아서도 들리고
흘러오는 것은 귀 기울여도 들리지 않는다
그래서 그대가 중요하다
석별이 보슬비처럼 뿌리고
한 손만 살짝 잡아도 네 맥박이 들린다

바람꽃

바람이란
하늘의 또 다른 이름이지만
성을 수시로 바꾸네
애비 없는 자식이 되어
가는 곳마다 다 아버지라 하네
앞에 가면 앞바람
뒤에 가면 뒷바람

바람이란
사랑의 또 다른 이름이지만
몸을 쉬이 기대네
웃는 얼굴 꽃이 되어
만나는 이마다 다 임이라 하네
처녀에게 봄바람
총각에겐 가을바람

바람이란
허무의 또 다른 이름이지만
눈물 없이 떠나네
유리 가슴에 울음 되어
흐느낌 없이도 다 이별이라 하네
눈에는 눈물바람
마음에는 회오리바람

시드는 사랑

시들어야 꽃이고
신 들어야 좋은 사랑이라 하던
그대가 등을 돌리고 떠난 뒤

넌 눈물짓는 한 송이 꽃
난 눈물 닦는 한 줄기 바람으로
그 꽃밭에 나비로 앉아
고운 기도를 한다

신 들게
잘 신 들게 하소서
신 들어야 아름다운 사랑인 걸
이제사 알았네

사랑 들어야 시라고
신 들어야 좋은 시라고 하던
그대가 눈을 껌뻑이고 떠난 뒤

넌 난해한 한 편의 시
난 시를 읽는 한 사람의 독자로
그 시집에 이별시 외며
설운 후회를 한다

시들게
잘 시들게 하소서
시들어야 향기나는 사랑인 걸
이제사 알았네

풋사랑

꿈은 눈을 뜨고 꾸는 게
감미롭고
얼굴은 눈을 감고 그리는 게
눈부시다네

눈 한번 뜨고 꿈 한번 꾸고
눈 한번 감고 얼굴 한번 그리는
하루에도 무수히 반복하는
그 눈짓을 기억하지 못하는 백치

꽃은 눈을 뜨고 보는 게
아름답지만
열매는 눈을 감고 씹는 게
달콤하다네

꽃 한번 보고 눈 한번 깜빡이고
열매 한번 보고 얼굴 한번 붉어지는
날마다 꽃나라 열매 천지
꽃 지는 줄 모르고 살아가는 반편이

제3부

점점점

점점점

점점점 점점점
너도 점 나도 점
두 개의 점이 만나 하나의 점이 되었네
첨에는 미인점이 되었다가
지금은 매력점이 되었네
점은 찍는 것
내가 너를 찍고
니가 나를 찍은 사랑의 점아
하나의 점으로 살다 보니
복점이 되었네
점점점 사랑해
점점점 너는 내 인생에 방점이야

점점점 점점점
사랑도 점 눈물도 점
두 개의 점이 만나 하나의 점이 되었네
첨에는 입술점이 되었다가
지금은 애교점이 되었네
점은 찍는 것
내가 너를 찍고
니가 나를 찍은 사랑의 점아
하나의 점으로 살다 보니
꽃점이 되었네
점점점 사랑해
점점점 너는 내 인생에 꽃점이야

늑대와 여우

남자보고 함부로
늑대라 말하지 마라
평생 한 마리의 짝만 사랑하다
먼저 짝이 죽으면 어린 새끼 다 키우고
짝 무덤 앞에서 굶어죽는 그 사랑을 아는가
늑대만큼 사랑을 한다면
여자가 외로움으로 울 일은 없으리

나는 늑대 너는 여우라 해도
서로 늑대처럼 사랑하고
서로 여우처럼 근본을 지키는
우린 잘 어울리는 사랑의 짐승이라

여자보고 아무나
여우라 부르지 마라
그냥 남남끼리 만나 살아가다
숨 거둘 때 머리를 태어난 고향에 두고
초심을 잃지 않는 뿌리깊은 그 향수를 아는가
여우처럼 고향이 있다면
남자가 이별의 눈물 흘릴 일은 없으리

꽃피는 날에는

꽃피는 날에는
꽃이 되고
바람부는 날에는
바람이 되어
우리 향기로운 꽃바람이 되자
꽃잎이 바람에 흔들리는
바람에 흔들려 꽃잎이 떨어지는
그래 너는 나의 꽃
난 너를 품어안는 바람이더라

푸르른 날에는
소리개가 되고
구름 흐르는 날에는
구름이 되어
우리 눈부신 새털구름이 되자
소리개 둥지를 틀고 앉아
햇무리 성으로 천둥을 지켜 내는
그래 너는 나의 하늘
난 너를 그려 넣는 무지개더라

너와 나

너와 나 사이에는
새 한 마리가 살고 있다
날개를 접지 않고
둥지가 없어도
떠나지 않는 텃새
때론 노래하고
때론 울지만
눈물을 보이지 않는 새

새도 나무도
바람을 탓하지 않는다
뜨거운 것이 사랑이라 해도
차가운 것은 이별이 아니니
찬바람 불면 힘차게 날고
겨울 오면 뜨거운 몸으로 사는
그 나라는 우리가 주인이다

너와 나 사이에는
나무 한 그루 살고 있다
바람에 눕지 않고
꽃 피지 않아도
우주를 향한 나무
때론 의자이고
때론 우산으로
사랑을 아끼지 않는 나무

아름다운 시계

강과 폭포와 바다는
다 움직이는 시계
끝없이 소리를 내지만
초침과 분침이 없네

무지개와 안개와 물보라는
다 색깔 있는 시계
얼굴빛은 서로 다르지만
침묵의 언어를 쓰네

너는 무슨 시계가 있니
손목시계니 휴대폰시계니
너는 어디에 시계가 있니
손에 찼니 목에다 걸었니
너는 몇 개나 시계가 있니
한 개 두 개 아니 움직이는 건 다 시계네

술과 커피와 밤비는
다 흔들리는 시계
숨과 몸을 낮춰 보지만
고독한 새들을 깨우네

눈과 입과 귀는
다 사랑하는 이의 시계
시선과 체온은 같지만
눈물의 무게는 다르네

너는 무슨 시계가 있니
미소시계니 맥박시계니
너는 어디에 시계가 있니
하늘에 띄웠니 바다에 두었니
너는 몇 개나 시계가 있니
한 개 두 개 아니 사랑하는 건 다 시계네

오륙도 사랑

얼마나 외로워야 바다가 하늘이 되는가
그냥 자기 색깔로 출렁이며
너는 바다색 나는 하늘색
그래야 우린 하나이고픈 청춘이 된다
얼마나 다가가야 섬이 육지가 되는가
그냥 제자리에 앉아
너는 섬 나는 육지
그래야 우린 그리움의 얼굴이 된다

오와 육을 더하면 열한 살
오와 육을 곱하면 서른 살
오와 육을 이어도 우리는 아직 젊다
백년도 못 사는 세상
비비람에 천년을 사는 오륙도로 가자

얼마나 부서져야 파도가 수평선이 되는가
그냥 말없이 부서지며
너는 파도 나는 수평선
그래야 우린 바다의 노래가 된다
얼마나 빛나야 네 별이 내 별이 되는가
그냥 두 별로 바라보며
너는 별 나는 지구
그래야 우린 마주서는 별지기가 된다

얼마나 불러야 시가 노래가 되는가
그냥 우두커니 앉아서
너는 북 나는 북채
그래야 우린 마음 울리는 타악기가 된다
얼마나 지나야 오가 육이 되느냐
그냥 침묵의 바위 되어
너는 동해 나는 남해
그래야 우린 오륙도의 사랑이 된다

사랑지기

별은 언제 봐도 빛나고 있어
별은 매번 봐도 멀리 있어
별은 사뭇 봐도 제자리에 있어
별은 너를 그리는 밤에만 보여
별은 그림자를 만들지 않아
별을 오래 바라보는 건
과학이 아니라 철학이거든
별을 보려면 창문은 열고 불은 켜지마
사랑은 희미한 게 좋은 거야
별은 나의 하늘에만 있어
너는 나의 별인 거야
나는 너의 별밤지기인 거야

새는 언제 봐도 날고 있어
새는 매번 봐도 춤추고 있어
새는 사뭇 봐도 노래하고 있어
새는 너를 그리는 밤엔 안 보여
새는 눈물을 흘리지 않아
새가 오래 머무는 곳은
하늘이 아니라 둥지이거든
새를 보려면 새장문 열고 그물을 걷어
노래는 즐거운 게 좋은 거야
새는 나의 숲에만 있어
너는 나의 새인 거야
나는 너의 하늘지기인 거야

먼님과 벗님

오월이 오면
저 하늘 바라보며 어머니 아버지를 불러 본다
날 고유명사로 만들어 주신 분께
앞에는 감탄사
뒤에는 님자를 붙여 본다
어 어먼님
먼님은 그리워서 좋고
아 아벗님
벗님은 기대고 싶어 좋아라

어 어머니 별은 멀어서 그립고
아 아버지 기둥은 벗이라 기댄다

오월이 되면
저 바다를 바라보며 어머니 아버지를 불러 본다
날 사랑지기로 키워 주신 분께
앞에는 감탄사
뒤에는 모음을 붙여 본다
어 어머나
놀라도 반가워서 좋고
아 아뿔싸
후회도 가볍게 오니 좋아라

어 어머나 꽃은 향기로워 그립고
아 아뿔싸 기둥은 둥글어 기댄다

만남의 축복

나는 수평선을 보지만
너는 파도를 보니
나는 바다가 편한 눈높이라 하고
너는 물꽃이 눈부시게 피었다 한다

나는 꽃을 보지만
너는 향기를 맡으니
나는 꽃이 아름답다 하지만
너는 향기로 숨쉰다 한다

수평선 위에 피는 꽃을 보며
눈부시고 향기롭게 산다면
우리의 만남은 지상의 꽃밭이리

나는 해를 보지만
너는 햇빛을 보니
나는 시간이 너무 빠르다 하고
너는 세상이 아주 따뜻하다 한다

나는 물보라를 보지만
너는 무지개를 보니
나는 폭포가 부서진다 하고
너는 뭇별이 빛난다 한다

햇빛 아래 번지는 햇무리를 보며
둥글게 품어안고 산다면
우리의 만남은 하늘의 별밭이리

바다에 가서

푸른 바다에서 꿈꾸지 마라
바다는 한번도 잠든 적이 없으니

부는 바람에 등 돌리지 마라
바람은 무심코 부는 게 아니니

흐르는 눈물을 닦지도 마라
눈물이 그냥 흐르는 게 아니니

바다에 가서
그림을 그리지 마라
아무리 등대를 그려 봐도
물 위로 걸어나오는 섬은 없었으니

바다에 둘이 가서 웃지 마라
섬은 외롭지 않은 적이 없으니

밀물 모래 위에 이름 쓰지 마라
파도는 누구의 주소도 모르니

해 지는 바다를 서러이 보지 마라
아침 바다에는 해가 뜨고 있으니

바다에 가서
떠난 임 부르지 마라
아무리 소리쳐 불러 봐도
파도가 대답해 주는 설움만 있었으니

강변북로

서울을 갔다가 내려갈 때면
난 오른쪽 길인
강변북로를 탄다
왼쪽 88도로는 길이 더 곧고 넓어도
북로가 그냥 좋기만 하더라

꽃이 남산에 어울린 목멱상화(木覓賞花)와
양화진으로 기우는 불타는 양진낙조(楊津落照)
서강을 돌아오는 돛배의 마포귀범(麻布歸帆)과
밤섬 농부가 밭을 가는 율서우경(栗嶼雨耕)이

달이 자하문에 걸린 자각추월(紫閣秋月)과
사직단의 장송이 멋들어진 사단노송(社壇老松)
경복궁이 구름 속에 안긴 운횡북궐(雲橫北闕)과
한남 언덕에서 달구경하는 제천완월(濟川翫月)이

아리수 우편에 한양8경이 있는
난 오른쪽 길인
난지도를 지난다
쓰레기가 청산이 된 줄 나중에 알았으니
난지도가 그저 청산이더라

고향 유정

나는 정자나무
아낙네들이 소곤소곤 좋아하고
너는 옹달샘
남정네들이 옹기종기 둘러앉네

땅거미는 굴뚝 연기를 바로 세우고
밤이면 별이불 덮고 누워
어둠을 쓰다듬는 바람 소리
겨울잠도 없는 여러해살이
배불뚝이 꽃이 피고 지는 마을아

나는 회화나무
정이 많아 두근두근 아비 되고
너는 참나무
정한수 앞에 비손비손 어미라네

문앞에다 고추 솔가지 금줄 매달고
집집에 빨래가 늘어 가며
바지랑대 줄당기던 기합 소리
아버지도 없는 아리랑마당
뻐꾸기 가고 기러기 오는 고향아

새의 길

사람은 이불을 덮지만
새는 하늘을 덮어
별빛 눈을 반짝이게 되는 것이지
사람은 곡간이 있지만
새는 빈 둥지가 있어
무욕의 창공을 날게 되는 것이지

새야 내게는 끝없는 길이 있어
너의 날개가 부럽구나
새야 내게는 푸른 하늘이 있어
너의 노래가 아름답구나

사람은 뜨거운 눈물이 있지만
새는 도드라진 가슴이 있어
가슴으로 부르는 노래가 되는 것이지
사람에겐 고뇌의 머리가 있지만
새는 아름다운 꼬리가 있어
꼬리만 흔들어도 춤이 되는 것이지

새야 내게는 흐르는 눈물이 없어
너의 노래가 즐겁구나
새야 내게는 푸른 숲이 있어
너의 춤사위가 아름답구나

영원한 후회

손으로 아무리 꼭 쥐어도
절대 깨지지 않는 여자
그러나 가슴을 부딪치면
쉽게 깨지고 마는 여자

코를 대고 가까이 다가가도
아무 냄새나지 않는 여자
그러나 겉옷을 벗으면
살 비린내 나는 여자

혼자 두면 꼼짝도 않지만
품어 주면 두 눈을 감는 여자
그러나 눈을 뜨면서
초승달 보조개로 웃는 여자

자전하지 못하고 살지만
타원으로 기울어 서는 여자
그러나 어깨 기대고
보름달 기다리며 사는 여자

보름달에 옥토끼는 없지만
은빛의 호수를 가진 여자
그러나 부레는 없어도
피부로 숨쉬는 푸른 여자

이런 사람을 단 한 번 만나
눈짓 하나로 인연을 맺고
날개 하나로 하늘을 난다 해도
영원히 후회하지 않으리

우리 만남

산 너머 산이 있는 건
봉우리와 봉우리가 있다는 것
너는 남산
나는 북산이어도 산맥으로 만나고

강 건너 강이 있는 건
다리와 다리가 있다는 것
너는 동강
나는 서강이어도 두물머리에서 만나고

사막 지나 사막이 있는 건
낙타와 낙타가 있다는 것
너는 단봉낙타
나는 쌍봉낙타라도 비단길에서 만나고

우리는 만난다 청산이 있으면 넘고
녹수가 있으면 건너 너를 만나고야 만다

섬 옆에 섬이 있는 건
눈물과 눈물이 있다는 것
너는 만남의 눈물
나는 떠남의 눈물이라도 수평선으로 만나고

사람 곁에 사람이 있는 건
꽃과 꽃이 있다는 것
너는 해바라기꽃
나는 달맞이꽃이라도 향기로 만나고

오늘이 가고 내일이 있는 건
소리와 소리가 있다는 것
너는 현악기
나는 타악기라도 영혼의 노래로 만나고

문희 찾기

말바우에 가면 말이 없고
개바우에 가니 개도 없다고
사자바우에 가면 사자가 없고
우복산에 가니 소 한 마리 없다 하네

신기에 가면 신기함이 없고
쌍룡에 가니 용도 없다고
궁터에 가면 궁이 없고
왕릉에 가니 왕 한 명도 없다 하네

눈에 보이는 게 없어도
바람과 같이 새재를 넘으면
그제사 보이는 눈시린 기쁨의 나라
그곳에서 좋은 소식 먼저 듣고
삼태극이 또아리 튼 문희가 오네

설악산에서

설악의 푸른 머리를 잘 알지 못하면서
누가 소청 중청 대청 귀때기청이라 부르는가
설악에게 물어봐라
공룡의 등과 용의 어금니가 어디 있는지
오색에게 물어봐라
다섯 가지 꽃 피는 나무는 어디에 심어 두었는지
한 봉우리에 두 오르막은 있지만
어디 등산길과 하산길이 따로 있느냐
긴 그리움과 짧은 만남은 있지만
긴 바람과 짧은 흔들림이 어디 있느냐

설악의 흰 등을 잘 알지 못하면서
누가 은비령 곰배령 진부령 한계령이라 부르는가
입김을 불어 봐라
어디서 하얀 김이 길게 나오는지
눈을 뿌려 봐라
누가 두 발로 걸어 토왕성 가슴에 이를 수 있는지
한 산맥에 두 호수는 있지만
어디 내설악과 외설악이 따로 있느냐
긴 강과 짧은 강은 있지만
긴 청춘과 짧은 이별이 어디 있느냐

성산포 사랑

그리움은 넓어서 하늘이 되라 하고
외로움은 깊어서 바다가 되라 하네
그대를 향해 수평선을 그으면
그대는 구름배 되어 나의 시선을 지운다

그래거라
둘이 하나 되어 더 애타는 만남이여
별을 떠나야 별을 보듯
사랑을 떠나야 사랑을 안다

사랑은 뜨거워서 해가 되라 하고
이별은 사위어져 노을이 되라 하네
그대를 향해 별 하나 그리면
그대는 꼬리별 되어 내 어둠을 지운다

제주도타령

그 섬을
여자와 돌과 바람이라 하고
많은 것은 많은 것끼리 서로 쓰다듬다
여자는 못생긴 돌하르방 앞에 무릎을 꿇고
돌은 담벼락 구멍 내어 바람을 이기며
바람은 비바리를 흔들어 서울로 떠나게 한다

그 섬을
오름과 무덤과 말똥이라 하고
둥근 것은 둥근 것끼리 누워 구르다가
오름은 산 담을 둘러서 푸른 무덤을 누이고
무덤은 말똥을 먹고 둥글게 자라며
말똥은 오름에다 숨비 소리내는 꽃을 피운다

그 섬을
올레와 나그네와 정자나무라 하고
굽은 것은 굽은 것끼리 길로 이어 가다가
한라를 오르는 사람들은 백록을 굽어 보고
발아래 바라보면 마라도 언덕이 꿈틀대는
바람은 수평으로 불고 비는 수직으로 내린다

마지막 고향

하늘이 고향이라면
난 한 줄기 바람으로 돌아가리
구름은 움직이는 무덤이 되고
무덤은 해넘이 잿빛 노을로 사라지리

땅이 고향이라면
난 한 줌의 흙으로 돌아가리
안개는 창 없는 집이 되고
집은 해 돋는 아침 무지개로 사라지리

바다가 고향이라면
난 한 이불 속 파도로 돌아가리
섬은 부드러운 베개가 되고
베개 낮추고 눕는 이어도로 사라지리

사람은 하나지만 고향은 모두가 되고
고향은 머리 방향이 아니라
마음의 방향이라는
내 꿈속의 고향은 어디인가

시가 고향이라면
난 한 권의 시집으로 돌아가리
시는 영혼의 악기가 되고
악기 소린 그믐달 검은 발자국으로 사라지리

어둠이 고향이라면
난 이름 없는 별로 돌아가리
지구별엔 별 헤는 소녀가 있어
소녀가 눈물짓지 않도록 별똥별로 사라지리

사랑이 고향이라면
난 하나뿐인 첫사랑으로 돌아가리
난생처음 뛰던 심장이 되고
심장엔 지지 않는 꽃을 심어 향기로 사라지리

봄꽃 피우기

몸의 봄은 석 달이지만
마음의 봄은 삼십 년이 세 번이네

봄에 아지랑이를 한 번 보면
어지러운 반나절이지만
봄에 나비를 한 마리 보면
향기로운 꽃밭을 만나네
반백의 나이에도 봄날이 오고
이팔청춘에도 가을이 오는 건
하늘 탓이 아니라
봄에 제때 눈 뜨지 못한 탓이네

몸의 봄꽃은 십일이지만
마음의 봄꽃은 무덕무덕 백년이네

제4부

노래하라

노래하라

꿈을 노래하면 꿈이 이뤄지고
사랑을 노래하면 사랑이 오는데
왜 노래하지 않는가
봄을 노래하면 꽃이 피고
가을을 노래하면 잎이 물드는데
왜 노래하지 않는가
노래하라 목청껏 지금을 노래하라

너는 가슴에 불을 붙이는 불꽃
사랑은 마음의 불을 내뿜는 활화산
이 세상 끝날까지 노래를 노래하라

고향을 노래하면 향수가 오고
시인이 노래하면 시가 오는데
왜 노래하지 않느냐
새벽을 노래하면 해가 뜨고
노을을 노래하면 별이 뜨는데
왜 노래하지 않느냐
노래하라 힘껏 오늘을 노래하라

낮을 노래하면 햇무리가 돌고
밤을 노래하면 달무리가 도는데
왜 노래하지 않느냐
강을 노래하면 바다가 오고
바다를 노래하면 섬이 오는데
왜 노래하지 않느냐
노래하라 맘껏 자연을 노래하라

물멍불멍

가슴이 무거울 때
혼자서 물멍한다

소쿠라지는 폭포를 한참 쳐다보면
절로 멍해지고
쾅쾅 용오름이 수직으로 일어선다
두근두근 포말의 침묵이 오면
가슴속엔 시원한 멍이 남는다
두 눈에 눈물을 막을 수 없다면
그냥 한잔의 술을 든다

마음이 답답할 때
혼자 불멍한다

타오르는 불길을 오래 쳐다보면
절로 멍해지고
점점 불구멍으로 세차게 빨려간다
타닥타닥 영혼이 불타고 나면
맘속엔 뜨거운 멍이 남는다
가슴에 불을 끌 수 없다면
그냥 한 자루 촛불을 켠다

바람 여행

바람이 불면 어디론가 떠나야 하지
살랑이는 봄바람에
옷깃을 팔랑이며 들길을 나서면
봄은 아프지 않게 꽃화살을 당겨
내 가슴을 쏘네
화살 맞은 곳에 생채기가 생기고
그 위에 핏멍울이 들어도
아픔이 멎고 나면 고운 사랑꽃이 피네

바람이 불면 어디론가 떠나야 하지
떠나는 사람은 바람을 만나고
바람을 만난 사람은 꽃으로 피네

바람이 불면 어디론가 떠나야 하지
소슬대는 가을바람에
머리카락 날리우며 숲길을 걸으면
가을은 슬프지 않게 낙엽비를 뿌려
내 발밑에 눕네
낙엽 밟은 곳에 발자국을 남기고
그 위에 서리꽃이 피어도
겨울이 가까우면 따순 눈물꽃이 피네

깊은 사랑

산이 아무리 많아도
산은 고원이 아니고 언덕도 아니며
산은 봉우리가 있어야지
산이 키만 크면 뭘해
높이보다 깊이가 있어야 되지
고산은 언제나 호수를 품고 있다지

사람이 최고라 해도
사람은 나무가 아니고 꽃도 아니며
사람은 가슴이 있어야지
사람이 손만 크면 뭘해
소유보다 나눔이 있어야 되지
사람은 항시 사랑을 품고 있다지

산이 키만 크면 눈보라만 이고
사람이 손만 크면 보따리만 들어
봉우리 없는 산은 구름이 머물지 않고
가슴이 차가운 사람은 사랑을 손잡지 않아

연모(戀慕)

그대는 나의 산
저 산속에 산이 숨어 있다
산이 귀를 숨기고 입술을 숨기고
체온을 숨기고 이름을 숨기고
조용조용 산속에 숨어 있다
이제 산속에 가면 산은 보이지 않고
저만치 산의 옷을 입은 은유의 그림자들이
침묵의 수화를 더하고 있을 뿐
새들이 둥지에 울음을 틀고 숨어 앉아
산의 부드러운 속살을 부리로 찍어 대고 있다

그대는 나의 강
저 강 속에 강이 숨어 있다
강이 손금을 숨기고 볼우물을 숨기고
웃음을 숨기고 눈물을 숨기고
차랑차랑 강 속에 숨어 있다
이제 강가에 가면 강은 보이지 않고
저만치 강의 노래를 모창하던 익명의 그리움들이
낯선 물결로 다가올 뿐
가끔은 물여울 혈관에 해의 온기가 돌아
강의 몸속에 무지개가 사랑을 잉태하고 있다

붉은 눈물

넌 정동진 해를 보러 가고
난 정서진 노을을 보러 간다
같은 해를 보고 있어도
넌 다가올 날을 꿈꾸고
난 지나간 날을 추억한다

넌 정동진 모래시계를 바라보고
난 정서진 풍차를 바라보며
같은 바다를 보고 있어도
넌 떨어지는 모래알을 헤아리고
난 돌고 있는 날개 소릴 듣는다

눈을 크게 뜨는 해돋이보다
눈을 지그시 감는 해넘이가
더 오래 황홀한데
넌 정동진 푸른 가슴으로 숨쉬고
난 정서진 붉은 눈시울을 닦는다

나비 찾기

청청명명 하늘에
나비 한 마리 그려 보아라
그 나비 한 마리
푸른 날갯짓을 바라보아라
날갯짓 속에
일렁이는 호수 하나 찾아보아라
그 호수의 얼굴에
눈썹처럼 떨고 있는 반달을 보아라
반달 속에 눈부시게 묻어나는 꿈
그 꿈속에 다가오는
하얀 나비의 대문을 두드려 보아라

나비야 나비야 이름이 뭐니
노랑나비 흰나비 호랑나비 장수나비
나비야 나비야 어디에 있니
모시나비 명주나비 부전나비 표범나비야

주인 없는 꽃집에
매달린 이슬방울 헤어 보아라
그 방울 별 하나
깜빡이는 눈빛을 바라보아라
눈빛 속에
피어나는 꽃 한 송이 찾아보아라

그 꽃의 향기에
돛배처럼 저어가는 날개를 보아라
날개 끝에 푸르게 젖어 오는 하늘
그 하늘을 날아가는
노랑 나비의 춤을 흉내내 보아라

연리지 사랑

어서 끌어안는 법을 배우세요
누가 곁에 바짝 붙어 있어
오래 몸이 닿을 때
훈훈한 바람이 느껴져 오면
인연이라 생각하고 서로 껴안으세요

사랑은 알 수 없는 이유로 만나는 것
칼바람에 상처가 생겨도
상처가 상처끼리 보듬으면 새살이 돋아요
같이 깨금발로 기대서서
겨울을 이긴 나무는 배반하지 않는 것
뿌리는 다르지만 몸이 하나이니
이제 천년 사랑이라 불러도 되겠어요

열구름 아래서는 비를 맞으세요
왼손 들면 번쩍 오른손 들어
서로 마음이 닿을 때
빙그레 미소가 번져서 오면
말없이 보듬고 마주 바라기하세요

별이 호수를 만든다

별이
별이 호수를
별이 호수를 만든다
푸른 들판 한 가슴에
산도
분화구도 아닌
별이 사는 호수
별이 어둠을 마시고
깊은 호수처럼 잠들면
별의 집
거긴 내 별 하나가 있다

네가
네가 호수를
네가 호수를 만든다
뜨거운 심장 한가운데
강도
바다도 아닌
네가 사는 호수
네가 바람의 길 지우고
목이 긴 사슴처럼 잠들면
그리움의 집
거긴 너 하나밖에 없다

너만 있으면

가다가 가다가 보면
세상 끝에는 바다가 있다
바다를 가다가 가다가 보면
섬이 있고
그 섬에 네가 있다
너는 침몰하지 않는 보물섬
이제 더 가지 않으리
너만 있으면 된다
나의 보물섬아

보다가 보다가 보면
세상 위에는 하늘이 있다
하늘을 보다가 보다가 보면
별이 있고
그 별에 네가 있다
너는 낮에도 빛나는 사람별
이제 더 찾지 않으리
너만 있으면 된다
나의 사람별아

사월과 시월

사월에 꽃망울이 피는 이유는
사랑하는 사람이 되기 때문이고
시월에 나뭇잎이 물드는 이유는
추억하는 사람이 되기 때문이라

사월에 그대를 만나
시월에 그대를 보낸다
사월에는 꽃잎에 눈을 뜨고
시월에는 나뭇잎에 눈물 젖으며
사월에는 연시를 읽고
시월에는 잠언시를 읽는데
사월에는 제자리 지키는 자들에게
꽃향기가 되고
시월에는 떠나가는 자들에게
눈물 젖은 손수건이 된다

사월에 사랑하기 좋고
시월에 이별하기 좋아라
사월에는 첫날을 기다리고
시월에는 마지막 밤을 기다리며
사월에는 몸 시를 쓰고
시월에는 마음 시를 쓰는데
사월에는 나란히 둘이 선 자들에게
하얀 편지가 되고
시월에는 홀로 남은 자들에게
활을 켜는 억새풀이 된다

산소 같은 여자

손으로 아무리 꼭 쥐어도
깨지지 않는 여자
그러나 가슴을 부딪치면
쉽게 깨지고 마는 여자

혼자 두면 꼼짝도 하지는 않지만
그러나 품어 주면 울음이 부화되는 여자
울음에서 혼자 깨어나지는 못하지만
그러나 둥글게 우주로 사는 여자

둥근 호수에다 하늘을 담는 여자
그 하늘에 구름을 타고 사는
아아, 산소 가슴을 가진 너를 숨쉬며 사는
나는 너의 사랑이야

코를 대고 다가가도
냄새나지 않는 여자
그러나 겉옷을 벗으면
살 비린내가 나는 여자

자전하지 못하는 우주에 살지만
그러나 기울이면 손 흔들며 걸어가는 여자
가면서 봄 여름 가을 겨울을 맞지만
그러나 중심에 달 하나 품는 여자

믿지마

누가 뭐래도
남의 말은 믿지 마

우리는 백두산인데
중국은 장백산이라 부르라고

우리는 독도인데
일본은 죽도라 부르라고

우리는 아가씨인데
평양은 접대부라 부르라고

누가 뭐래도
남의 말은 믿지 마

우리는 향도봉인데
북한은 정일봉이라 부르라고

우리는 보통 사람인데
공산당은 태양이라 부르라고

우리는 사랑하라 하는데
그들은 원수마저 사랑하라고

새해의 소리

소리는 전염이 된다
입에서 입으로
새해 복 많이 받으세요

소리도 나이를 먹는다
손에 손잡고
새해 건강하게 사세요

소리로 사랑이 자란다
마음에서 마음으로
새해 좋은 사람 만나세요

소리가 있어 노래가 있고
노래가 있어 기쁨이 있는
새해 새날에는 노래를 불러야 하리

소리로 사람이 달린다
꿈에서 꿈으로
새해 애愛길 복福길 가소서

소리로 창문이 열린다
밀고 두드리며
새해 문을 열고 임이 오신다

소리가 꽃으로 핀다
논틀 밭틀에
새해 꽃춤 꽃지진 오소서

망향

여우는 고향 쪽으로 머리를 두고
연어는 강으로 돌아가는 그날에
나는 가슴에다 고향을 묻고
홀로 그리운 노래를 부른다

산이 없으면 상상봉도 없는 산꾼
강이 없으면 낚시도 없는 어부
광야가 없으면 길도 없는 집시
화로가 없으면 동화도 없는 아이
아, 그래서 고향에 기댈 수밖에 없는

지게가 없으면 아궁이도 없는 나무꾼
소가 없으면 쟁기도 없는 농부
자식이 없으면 대문도 없는 부부
보름달이 없으면 정자도 없는 묵객
아, 그래서 자연인이 되고자 하는

꽃이 없으면 나비도 없는 봄
바람이 없으면 물무늬도 없는 호수
철새가 없으면 그리움도 없는 하늘
그대가 없으면 별도 없는 그믐밤
아, 그래서 짝사랑도 하지 말자 하는

소리 여행

나뭇잎은 떨어질 때 소리가 없지만
밟히면 소리가 나고
눈물은 떨어질 때 소리가 없지만
닦으면 소리가 나고
불은 떨어질 때 소리가 없지만
붙으면 소리가 난다

세상 사막에 소리가 없다면
그대 찾아가는 낙타도 없으리
파도 세상에 소리가 없다면
그대 저어 가는 배 한 척도 없으리

꽃은 떨어질 때 소리가 없지만
열매에선 소리가 나고
비는 떨어질 때 소리가 없지만
부딪칠 때 소리가 나고
잠에 떨어질 때 소리가 없지만
그대 꿈은 소리가 난다

아침마다

새벽이 온다
벽을 무너뜨리지 않으면 성이 되고
벽을 무너뜨리면 문이 된다
아침마다 벽을 두드리면
벽 속에서 한 여자가 기척을 한다
벽이 사라지고 사람이 나오는
이 벽 저 벽 해도
새벽을 두드리면 해가 일어난다

다리가 있다
다리를 무너뜨리지 않으면 길이 되고
다리를 무너뜨리면 섬이 된다
아침마다 다리를 건너면
그 아래서 물고기가 튀어오른다
다리가 사라져야 섬이 보이는
이 다리 저 다리 해도
두 다리 움직이면 바다가 열린다

일기를 쓴다
일기를 쓰지 않으면 남 탓을 하고
일기를 쓰면 내 탓을 한다
아침마다 일기를 쓰면
일기장 안에서 파랑새가 난다
일기장엔 푸른 날갯짓 소리 들리고
이 탓 저 탓을 해도
일기는 희망의 전신 거울이다

홀로라는 건

홀로 산다는 게
얼마나 어려운 일인가
맨몸이라 옷을 입고
맨발이라 신을 신고
맨손이라 장갑을 끼는 게
얼마나 완벽한 방어인가

홀로라는 건
외로운 섬 하나
그래도 그 섬도 육지의 가슴인 것
홀로라는 건
불켜진 등대 하나
그래도 그 불은 누군가의 빛인 것

홀로 선다는 게
얼마나 두려운 일인가
맨머리라 모자를 쓰고
맨입이라 마스크를 쓰고
맨눈이라 안경을 쓰는 게
얼마나 부끄러운 남루인가

홀로 간다는 게
얼마나 의로운 일인가

겨울이라 빈 들을 가고
바람이라 빈 영혼이 살고
무덤이라 빈 손으로 눕는 게
얼마나 기쁜 자유인가

잊어지지 않는 것들

꽃은 잊어지지만 열매는 남고
열매는 잊어지지만 씨는 남는다
새는 잊어지지만 둥지는 남고
둥지는 잊어지지만 하늘은 남는다
빛은 잊어지지만 어둠은 남고
어둠은 잊어지지만 별은 남는다
아, 잊어지는 것은 머리이고
잊어지지 않는 것은 뜨거운 가슴이다

오월은 잊어지지만 아버지는 남고
아버진 잊어지지만 어머닌 남는다
사람은 잊어지지만 사랑은 남고
사랑은 잊어지지만 추억은 남는다
청춘은 잊어지지만 주름은 남고
주름은 잊어지지만 무덤은 남는다
아, 잊어지는 것은 시간이고
잊어지지 않는 것은 쓰디쓴 이야기다

제5부

짠짠꿍꿍

짠짠꽁꽁

마음이 짠하다
그러나 너와 마주하면
짠짠 노래가 절로 나온다
짠하지 말고 짠짠하자
짠짠 짠짠
마음에 뿌려지는 소금은 달다

마음이 꽁하다
그러나 너와 마주 서면
꽁꽁 마음이 절로 단단해진다
꽁하지 말고 꽁꽁하자
꽁꽁 꽁꽁
마음이 다져지는 밟기는 단단하다

짠짠 짠짠 꽁꽁 꽁꽁
그렇게 사랑하며 살자

마음이 팽하다
그러나 너와 같이하면
팽팽 가슴줄 금세 당겨진다
팽하지 말고 팽팽하자
팽팽 팽팽
마음이 늘어지는 우울은 당겨 매자

마음이 반하다
그러나 너와 같이 서면
반반 마음이 절로 이뻐진다
반하지 말고 반반하자
반반 반반
마음에 절반을 나누는 반반 사랑

팽팽 팽팽 반반 반반
그렇게 예뻐하며 살자

사로잡기

이러면 안 되는데 안 되는데 하면서도
자꾸만 너에게 끌리는 마음
마음속에 오늘도 비가 온다
비가 오면서 안개가 밀려 오는
오리 오리 오리무중아

클럽의 현란한 조명에 신나는 음악
살짝 마음 들뜨게 하는 술
그리고 시선이 멈춰지는 저 사람
티 나지 않게 살짝살짝
자주 쳐다보면서 신비스러운 웃음을 날리네
그러다 강렬한 눈빛으로 웃어 주면
그 사람이 알아서 말을 걸어 오리
그때 상큼한 윙크를 날려 주는 게 좋지

이러면 잘되는데 잘되는데 하면서도
자꾸만 너에게 멈추는 맥박
가슴속에는 지금도 꽃이 핀다
꽃이 피면서 그 위에 향기가 피는
금상 금상 금상첨화야

클럽의 시끄러운 자리에서 나누는 말은
크게 목청 높여도 어두운 귀

그래서 가까이 다가오는 저 사람
눈 떼지 않게 빠끔빠끔
자주 입을 열면서 못 알아듣는 표정을 던지네
그러다 지금 몇 시예요 물어보면
그 사람이 손짓으로 잠깐만 나가잖다
그때 촉촉한 손으로 잡아 주는 게 좋지

너는 꽃이야

제비꽃은 꽃잎보다
이름이 더 예쁘다
제비가 날아올 무렵
나직이 이름을 불러 주면
보릿고개 넘어서 내게로 오는 너
너는 꽃이야 내 꽃이야

꽃반지 만들어 손가락에 끼어 볼까/ 반지꽃
금방 깨어난 병아리 걸음마로 걸어 보자/ 병아리꽃
바람과 씨름하는 장사가 되어 볼까/ 씨름꽃
오랑캐 머리채로 들판을 나서 보자/ 오랑캐꽃
아니 아니야 서서는 볼 수 없는
내 사랑 앉은뱅이 꽃이라도
이 세상 어디서나 널 만나고 싶다

제비꽃은 꽃춤보다
이름이 더 예쁘다
제비가 날아갈 무렵
다정히 이름 불러 주면
바람이 등을 타고 내게로 온다는 너
너는 꽃이야 내 꽃이야

마음껏 산다면 몇 살이나 살아갈까/ 장수꽃
모든 소원을 들어주면 사랑을 구해 보자/ 여의초
예뻐서 한눈팔고 이틀 밤은 지켜 볼까/ 이야초(二夜草)
보랏빛 입술에다 키스를 해 주자/ 입술꽃
아니 아니야 배고파 울 수 없는
내 사랑 쌀밥 보리밥 꽃이 피어
이 봄에 어디서나 널 채우고 싶다

네게로 가는 길

어느 다리로 건너갈까?
너는 사슴 다리 기린 다리를 닮아
너무 날씬하고 참 이쁘지
그러니까 나도 이쁜 다리로 건너가야지

성산대교 청담대교 동작대교 올림픽대교
밤이 되면 한강을 꽃밭으로 만드는
그 꽃다리를 건너가야지
암사대교 가양대교 서강대교 월드컵대교
늘 언제나 싱싱한 젊음으로 서 있는
그 청춘 다리를 건너가야지
아니야 한강대교 광진교 양화대교 한남대교
아직도 오래된 과거를 기억하는
그 추억 다리를 건너가야지

어느 길로 걸어갈까?
너는 구름길 무지개길을 닮은
너무 눈부시고 참 고웁지
그러니까 나도 고운 이름길로 걸어가야지

무동도길, 배곶이길, 청숫골길 모래말길
한강 건너 강남의 젊음들이 춤추는
그 미인길로 걸어가야지

청계천로, 명동길, 다동길, 다산로
물길따라 발길따라 사람들이 정겨운
그 마음길로 걸어가야지
아니야, 북촌길, 경희궁길, 인사동길, 대학로
외국인 아무나 만나도 다 통하는
그 젊은 길로 걸어가야지

속사자(속담으로 사랑이 자람)

사랑은 꽃으로만 안 돼
향기를 담아야 돼
사랑은 마음으로만 안 돼
마음을 움직여야만 돼

사랑은
아니 땐 굴뚝에 연기가 나는 거래
말이 씨가 되도록 사랑한다 하고
밑 빠진 독에 물을 붓는 거래
친구따라 강남도 가고
서울 가서 김서방집 찾으며
가는 날이 장날이 되는 거래

사랑은
못 오를 나무도 쳐다보며 사는 거래
목마른 자 우물을 먼저 파야 하고
못 먹는 감도 찔러 보는 거래
김칫국도 한 그릇 마시고
되로 주고 말로 받으며
사공의 배가 산으로도 오르는 거래

그래도 겉다르고 속다른 건 안 돼
지성이면 감천, 천리길도 한 걸음부터래
공든 탑이 무너지랴! 콩 심어 콩 팥 심어 팥
뿌린대로 거두고 개천에 용이 나는 거래

사랑은
고양이 목에다 방울도 다는 거래
참새가 방앗간을 그냥 가지 않고
사랑님 기둥에 큰절도 하는 거래
제 눈에 안경을 쓰고
우물도 한 우물만 파며
짚신도 예쁜 제짝을 맞추는 거래

사랑은
범에게 짖어 대는 햇강아지 되는 거래
자다가 봉창도 두드리는 거고
꿈보다 해몽이 더 좋아야 하는 거래
쇠뿔은 단김에 빼고
바늘이 가는데 실가며
십 년이 지나도 강산이 안 변하는 거래

사랑 맞춤

옷은 새 옷이 좋지만
친구는 오래될수록 좋아
손뼉은 서로 맞아야 소리가 나고
가슴도 같이 닿아야 피가 도는데
사랑하기에 널 위해 다해 줄 수 있어
맞추는 게 사랑이란 걸
이젠 알고 있거든

내가 눈을 감지 않는 건
너와 눈맞춤 때문이야
내가 입을 다물지 않는 건
너와 입맞춤 때문이야

내가 걸음을 멈추지 않는 건
너와 거리 맞춤 때문이야
내가 하늘로 닿지 않는 건
너와 키 맞춤 때문이야

내가 노래하지 않는 건
너와 소리 맞춤 때문이야
내가 눈물 흘리지 않는 건
너와 마음 맞춤 때문이야

아, 기다리고 있어도 지루하지 않는 건
너와 안성맞춤 사랑 때문이야

비유살이

넌 어떤 것을 고를지 모르지만
나는 비유를 고를래
비교를 잘하면 눈물이 흐르고
비유를 잘하면 미소가 흐르는데
비교를 잘하면 불행해지고
비유를 잘하면 아름다워지는데

고독은 의인법
바위가 사람이 되어 함께 생각하는 법이고
우정은 직유법
너처럼 나같이 비슷하게 닮아 가는 법이야
만남은 반복법
눈과 눈 입과 입 같은 말로 따라하는 법이고
사랑은 은유법
안개 속 별같이 술래를 쫓아가는 법이야

그리움은 점층법
나비가 날개로 파도를 만드는 법이고
외로움은 활유법
햇빛이 꽃을 낳고 어둠은 별을 낳는 법이야
추억은 과장법
지나간 일들을 예쁘게 포장하는 법이고
행복은 영탄법
살고파 보고파 만나고파 감탄하는 법이야

넘사벽

세상에는 넘을 수 없는 벽이
너무 많지만
그래도 넘어야 하는 사람의 벽
널 넘다가 죽더라도
난 사랑의 벽을 넘어가리라

생각이 많아질수록 벽이 많아지고
눈이 빛날수록 벽이 높아지지만
사람들이 들어갈 수 없는 사차원 공간이라도
난 네게로 갈 수 있다
슈퍼맨이 되고 배트맨도 되고
원더우먼도 있고 투명 드레곤도 있으니
나에겐 넘사벽이 없다
그러나 너는 감히 넘볼 수 없는 벽
그래서 난 널 넘으러 간다
고우고우 널 널 넘어간다

지구에는 넘을 수 없는 벽이
너무 많지만
그래도 넘고 싶은 사람의 벽
널 넘다가 쓰러져도
난 사랑의 벽을 넘어가리라

해가 떠오를수록 벽이 다가오고
밤이 다가올수록 벽이 물러서지만
사람들이 다가갈 수 없는 무한대 시간이라도
난 네게로 갈 수 있다
마리오도 되고 스파이더맨도 되고
안나푸르나 넘고 마차푸차레도 오르니
나에겐 알파고가 있다
그러나 너는 쉽게 넘볼 수 없는 벽
그래서 난 널 넘으러 간다
고우고우 널 널 넘어간다

사이다

너로 하여 내가 높아지고
나로 하여 너도 높아지는
서로 어깨힘 돋우기
너는 왼쪽 날개
나는 오른쪽 날개
비상하는 아름다운 한 마리 새가 되기

너로 하여 사랑이 오고
나로 하여 행복해지는
우리는 좋은 사이 사이다

너로 하여 내가 사랑하고
나로 하여 너도 사랑하는
둘이 시이소 타기
너는 하늘 닿기
나는 땅바닥 닿기
마주보고 마음 닿는 한 몸의 지레 놀이

맘마무요

사랑은 몸이 아닌 마음
마음이 아닌 맘으로 하는 것
서로 맘이 동해야 사랑이 되는 것
이제 그대 가슴을 주세요
그리고 순결한 내 마음을 천천히 받으세요
어린아이처럼 어린 생각처럼
맘마무 맘마무요 내 마음을 드세요
맘마무 맘마무요 내 사랑을 드세요
맘마무 맘마맘마무요

고백은 몸이 아닌 마음
마음이 아닌 맘으로 하는 것
서로 맘이 통해야 애정이 돋는 것
이제 그대 하늘을 주세요
그리고 순결한 내 별을 천천히 받으세요
어린 소년처럼 어린 꿈처럼
맘마무 맘마무요 내 마음을 드세요
맘마무 맘마무요 내 사랑을 드세요
맘마무 맘마맘마무요

겉볼안

바라는 것은 발아發芽라
오래 바라봄으로 꿈이 발아되는 것

다리라는 것은 달月이라
다리 건너고 지나면 달이 되는 것

꼬리라는 것은 꼴型이라
숨긴 꼬리가 얼굴의 꼴이 되는 것

버리라는 것은 벌罰이라
아무데나 버리면 벌이 되는 것

야기라는 것은 약藥이라
일이 야기되면 치료약이 되는 것

꾸미라는 것은 꿈夢이라
잘 꾸며진 꿈이 길몽이 되는 것

보기라는 것이 복福이라
본보기로 삼으면 복이 되는 것

우리라는 것은 울樊이라
우리가 어깨동무하면 울이 되는 것

아, 겉 본 뒤 안까지 보고도
아니 아니라 손사래치는 세상에선
겉보리 서 말 있으면 축복을 받는
난 밥보 중에 바보인 것

감탄살이

무덤덤!
그 안에 무덤이 들어 있지만
난 지금 살아 있는 무덤이 아니리

얼씨구!
그 안에 시가 들어 있지만
난 얼이 들어 있는 시를 키우고 있으리

오우야!
그 안에 다섯 친구가 있어
난 절친 다섯이면 부유하지 않는가

난 무덤덤해도 넌 얼씨구
넌 얼씨구 하면 난 오우야 한다

지화자!
그 안에 따지와 꽃화가 있어
난 세상 꽃밭 하나면 부자이지 않는가

어머나!
그 안에 어머니와 내가 있어
난 꿈에서도 어머니 품속에 있으리

하나님!
그 안에 하늘과 나와 임이 있어
바랄 건 없고 사랑해 그 말만 하리

난 지화자 해도 넌 어머나
넌 어머나 하면 난 하나님 한다

히말라야의 힘

그대가 힘들면
히말라야를 생각하라 했다
산을 발밑에 두려하지 말고
밑바닥에서 봉우리를 바라보라 했다

다울라기리 안나푸르나 마나슬루를 생각지 말고
다올라가리 안푸르나 많이 슬로우라 듣고
앞산 뒷산 옆산처럼 쉬이 생각하라 했다
히말라야 히말라야 히말라야
힘을 내야 힘을 내야 힘을 내야 된다고 했다

그대가 외로우면
히말라야를 오르라고 했다
산을 가슴에 안으려 하지 말고
산의 가슴에 안기어서 눈감으라 했다

감탄사

좋은 말이라도
두 번 쓰지를 마라

꿀은 한 글자로 달콤하지만
꿀에 꿀을 더하면
꿀꿀한 우울이 된다

시는 한 글자로 의미가 되지만
시에 시를 더하면
시시한 사족이 된다

좋은 말은
한 마디로 감탄사가 된다

미는 한 글자로 선망이 되지만
미에 미를 더하면
미미한 존재가 된다

갑은 한 글자로 권위가 되지만
갑에 갑을 더하면
갑갑한 관계가 된다

목과 월

요일에도 강약이 필요하지

칠일 세상의 사막을 건너가려면
목요일엔 낙타 등을 타고 가며
누가 무슨 요일이냐 물으면
학연을 따지는 모교일이 아니라
꿈을 버리지 않는
몽(夢)요일이라 답해야지

요일에도 장단이 필요하지

칠일 세상의 끝에서 하루를 쉬고
월요일엔 낙타 고삐를 다잡으며
누가 무슨 요일이냐 물으면
발길 세우는 워어료일이 아니라
사막 달 지나듯 가는
월(越)요일이라 답해야지

부산 노래방

부산에는 여기저기
주인 없는
노래방 천지다
해운대에도
영도다리에도
부산 정거장에도

언제까지나 오래도록 헤어지지 말자
영도다리 난간에서
굳세어라 금순이 부르며
보슬비가 소리도 없이 이별 슬픈

부산 바다 파도 소리는
무제한의
노래 반주기다
용두산에도
태종대에도
꽃 피는 동백섬에도

파도치는 부둣가에 지나간 일들이
가슴에 남아 있다고
부산항에 어서야 오라며
용두산아 변치 말기를 애원하는

빛바랜 거울

아침마다 거울을 보며
빛을 발하라고
빛발해
저녁에는 일기를 쓰며
마음이 변했다고
빛바래
다 내 탓이야
두 눈 부릅뜨고 보면
빛은 발하지도 바래지도 않는 것

칸칸마다 시어로 채우며
가슴이 아프다고
병중병
별밤에는 하늘을 보며
눈이 부시다고
별중별
다 이름 탓이야
두 눈 부비고 보면
삶은 아프지도 빛나지도 않는 것

여왕 여신

얼굴을 뜯어 보면 이쁜 여자
걸어가면 발자국이 이쁜 여자가
지나가면 스치는 바람이 솔솔한 여자
바라보면 눈물이 그렁그렁 맴도는 여자가
가까이 다가가면 장미꽃 향기나는 여자
쓰담쓰담 해 주면 금세 잠드는 여자가
백설공주 같지만 잔다르크 같은 여자
이렇게 이쁜 여자가 곁에 있다면
이 사람은 여자가 아닌 여왕이지 않나요

피부가 고와서 눈부신 여자
가슴이 뜨거워서 홍조 띤 여자가
맨발로 달려도 일등으로 들어오는 여자
마주보면 귀밑머리 하롱하롱 흔드는 여자가
만나는 때마다 옷을 얇게 입는 여자
옷깃에서 사과 깎는 소리 들리는 여자가
산정호수 눈빛에 아침해가 뜨는 여자
이런 꿈속 여자가 곁에 있다면
이 사람은 여왕이 아닌 여신이지 않나요

오체투지

절에 가서는 절을 하라
바람에 오체투지하며 목어도 절하는데
먼 산 바라기하고 있는 사람아
부처가 절하지 않아도 너는 절하라

벌에 가서는 벌을 서라
지은 죄 없어도 벼이삭은 숙이는데
춤만 추고 있는 허수아비야
바람이 몸을 흔들어도 너는 벌서라

논에 가서는 논을 하라
뜸북에게 덕담하면 벼가 잘 자라는데
독하게 물꼬만 지키는 농부야
천둥지기 앞에서도 무지개를 논하라

말 앞에 가서는 말을 하라
채찍에 맞을수록 빨리 달리는데
말없이 매질을 하는 기수여
말이야 천 리 못 가도 바르게 말하라

사랑에 가서는 사랑을 하라
달빛에 문살 뼈가 말없이 굽는데
어둠의 묵만 갈고 있는 선비야
붓이 없더라도 묵향의 사랑을 지어라

호호동동

겨울은 눈이 오는 게 아니라
의태어가 오는 것
펄펄
호호
동동
꽁꽁
의태어는 얼지 않아
눈은 눈끼리 순결하게 몸 섞는 것

겨울은 바람이 오는 게 아니라
의성어가 오는 것
우우
웅웅
와와
왕왕
의성어는 보이지 않아
바람은 바람끼리 이름 부르다 잠드는 것

제6부

Eye See Heart Love

Eye See Heart Love

당신은 빛나는 두 눈을 가지셨나요?
그 눈을 크게 떠 보세요
눈 앞에 보이는 것만 보지 말고
아주 멀리 내다보세요
멀리 있는 것이 더 반짝이고
반짝이는 것이 더 생각에 끌리는 것
가까이서 보면
당신의 두 눈이 빛나지만
멀리서 보면
당신이 별자리로 빛나는 걸

눈을 크게 떠 보세요
Eye Eye Eye
보이는 것은 눈으로 담고
See See See
보이지 않는 것은 마음으로 담으세요
Heart Heart Heart
마음에 담는 게 사랑이잖아요
Love Love Love

당신은 따뜻한 두 손을 가지셨나요?
그 손을 넓게 펴 보세요

눈앞에 가까운 것만 닿지 말고
아주 멀리 펴 보세요
멀리 있는 것이 더 따뜻하고
따뜻한 것이 더 마음을 데우는 것
가까이서 보면
당신의 두 손이 잡히지만
멀리서 보면
당신의 마음이 잡히는 걸

바리바리

꿈을 바라바리 신고 오는
다꿈바리
그 사람을 아시나요
그 사람은 어디에 있나요
뒤에서 바리바리 도와주는
벗바리
그 사람을 아시나요
그 사람은 어디에 있나요

사랑도 인생도 돈이 다는 아닌 거야
아무리 바리바리 준다 해도
나에게 꿈을 주는 다꿈바리
나에게 벗이 되는 벗바리
바리바리 오케이 바리
오우케이 어바웃 잇

빛을 바리바리 신고 오는
해바리
그 나라를 아시나요
그 나라는 어디에 있나요
별을 바리바리 안고 오는
하늘바리
그 나라를 아시나요
그 나라는 어디에 있나요

사랑도 인생도 돈이 다는 아닌 거야
아무리 바리바리 준다고 해도
나에게 빛을 주는 해바리
나에게 별이 되는 하늘바리
바리바리 오케이 바리
오우케이 어바웃 잇

투투투(Two, Two, Two)

먼 나라 어느 부족은
숫자를 세 개밖에 모른다
하나 둘 많다
세 개든 백 개든
다 많은 것
그래 그렇지 우린 많지 않은 둘
투투투, 투투투
이렇게 하나, 둘, 둘이면 되는 거야
둘이면 태산도 같이 옮기는 거야

첫사랑 꿈꾸는 사람은
단어를 세 개밖에 모른다
나 너 영원히
세 개와 백 개는
다 남의 일
그래 그렇지 우리 단 둘인 둘
투투투, 투투투
이렇게 나, 너, 둘이면 되는 거야
둘이면 태양도 번쩍 옮기는 거야

참 친구 원하는 사람은
또래가 세 명이면 다툰다

이 그 저 친구
셋이건 백이건
다 불구경
그래 그렇지 우리 단짝인 둘
투투투, 투투투
이렇게 이, 그, 둘이면 되는 거야
둘이면 한번 목숨도 바꾸는 거야

텐텐텐 (ten ten ten)

내게 십 분의 시간이 있다면
난 아직 사랑할 수 있다
내게 십 분의 여유가 있다면
난 아직 행복할 수 있다

따뜻한 커피 한잔 마실 수 있고
컵라면 하나 끓여 먹을 수 있다
책은 10장을 넉넉히 읽을 수 있고
노래 3곡은 충분히 부를 수 있다
첫눈에 드는 사람 만나면 고백할 수 있고
한 사람만을 위해 사랑의 기도드릴 수 있다
둘이 마주앉아 소주 한 병은 마실 수 있고
마음이 통하면 만리장성 쌓을 수 있다

텐텐텐
활의 표적 중심에 박히는 화살처럼
텐텐텐 텐 미닛
그 정도 시간이면
마음의 과녁 중앙을 뚫는 눈빛처럼
텐텐텐 텐 미닛
인생을 바꿀 수 있고
이 지구도 바꿀 수 있다

비 오는 날에 속옷 적실 수 있고
눈 오는 날에 눈사람 만날 수 있다
흘러내리던 눈물이 마를 수 있고
담배 한 개비 연기로 태울 수 있다
버스 놓치고 다음 버스를 탈 수 있고
낚시줄 담그면 짜릿한 손맛도 느낄 수 있다
양치질 한 후 하얗게 같이 웃을 수 있고
대낮에 태어난 송아지 일어설 수 있다

사랑의 노예

절벽으로 밀어내도 예스 할 수 있는 사람
그 사람에겐 무조건 가슴을 열어라
처음에는 노우 했지만
나중에는 예스 하는 사람
그는 노예, 그런 사람과 대화를 하라

누구나 사랑하면 노예가 된다지
노예는 한 가지 일밖에는 몰라
일 중에 사랑하는 일
누구나 사랑을 하면 꽃이 된다지
꽃은 한 번밖에 피우지 않아
일 중에 향기를 피우는 일

나는 너의 노예가 되고 싶다
매를 맞고 죽는 순교도 좋아
Yes Yes Yes No
No No No Yes
부정으로 지배할 수 없어도
긍정으로는 지배할 수 있는 게 사랑이야

번개불을 던져도 예스 할 수 있는 사람
그 사람에겐 무조건 마음을 주어라

처음에는 노우 했지만
나중에는 예스 하는 사람
그는 노예, 그런 사람과 사랑을 하라

Autumn in love

사랑은 물들이는 것
너의 가슴과 내 가슴이
하나의 색깔로 한 올 한 올 곱게 물들어
따뜻한 우리의 옷 한 벌 짓는 것
그 옷을 사랑의 옷이라 하고
그 옷을 입으면 날 수 있다니
날아라 날아라 저 하늘 높이
우리 사랑아
가을 하늘을 날고 날아도
푸른 물 들지 않은 붉은 사랑아
뜨거운 여름과
차가운 겨울 사이를 사는
오오오오, 오텀 인 러브

사랑은 불태우는 것
너의 마음과 내 마음이
하나의 불꽃으로 타닥타닥 곧게 타올라
훈훈한 우리의 방 하나 데우는 것
그 방을 사랑의 방이라 하고
그 방에 들면 잠들 수 있다니
꿈꾸자 꿈꾸자 저 구름 위로

우리 사랑아
가을 산맥을 태우고 태워도
검은 재 남지 않는 붉은 사랑아
물보라 여름과
눈보라 겨울 사이를 사는
오오오오, 오텀 인 러브

오 키스 미(Oh, Kiss me)

헤어지기 15분 전
집 앞까지 바래 준 너는 얼굴만 쳐다보며
그냥 아무 표정이 없다. 여우 같은 이 여자
오늘 밤 꼭 키스를 해야겠다
목표는 네게 키스를 하는 것
주어진 시간은 이제 5분
내 눈엔 너의 입술만 보인다
3분을 기다려 보고 그래도 키스해 주지 않으면
먼저 키스해 버릴까
네가 먼저할 때까지 어떻게 기다려
키스 좀 먼저 하면 안 돼
바보처럼 기다리다 못하는 것보다 낫지
키스 미 키스 미
오 키스 키스 키스 미

다가오기 15분 전
집 앞까지 따라온 너는 발끝만 내려다보며
그냥 아무 말이 없다. 곰 같은 이 남자
오늘 밤 꼭 키스를 받아야겠다
목표는 너의 키스를 받는 것
주어진 시간은 이제 5분

내 눈엔 너의 입술만 보인다
3분을 기다려 보고 그래도 키스해 주지 않으면
먼저 키스해 버릴까
네가 먼저 할 때까지 어떻게 기다려
키스 좀 먼저 하면 안 돼
바보처럼 기다리다 못하는 것보다 낫지
키스 미 키스 미
오 키스 키스 키스 미

꽃보다 사람

꽃은 한 번은 피었다 지는데
사람은 한 번 못 피고도 지는 걸
꽃끼리 다투면 향기가 나는데
사람끼리 다투면 상처가 나는 걸

꽃은 바람 손잡고 넌출 춤인데
사람은 바람을 안고 직립보행인 걸
꽃은 지고 나면 열매를 맺는데
사람은 죽어지면 죄만 맺는 걸

아, 꽃은 사랑받을 줄만 알지만
사람은 사랑을 주는 뜨거운 꽃인 걸

Flowers are better than people.
No, no, no,
People are better than flowers.

솔롱고스 사랑

사랑에는 벽이 참 많지
유리벽, 바람벽, 사람벽, 절벽
아무리 벽이 높다고 해도 벽을 뚫지는 마
사랑은 벽을 뚫는 게 아니라
벽을 넘어가는 거야
넘다가 안 되면 돌아서 가고
돌아서도 안 되면
벽을 향해 기도를 하는 거야
통곡의 벽이 기쁨의 벽이 되어
벽이 열리고 네가 다가오는 사랑의 날

사랑을 길게 부르면 소우롱
꿈꾸며 같이 가는 무지개 나라
사랑은 솔롱고 솔롱고스

사랑은 이제 다시 시작하는 거야
작별은 있어도 벽은 없는 것
사랑은 솔롱고 솔롱고스

참 좋은 여행

여행에서 만나는 사람들이
어디서 왔냐고 물어오는
where are you from?
나는 당당히 답하네
Korea, korea seoul

날마다 좋은 데이굿 대구(day good)
기적의 영혼이 흐르는 서울(soul)
한지붕 식구 같은 버스 안의 부산(Bus an)
매일 행운이 춤추는 포천(fortune)
꽃보다 사람이 먼저인 젊은 고양(Go young)
세계로 뻗어가는 인터체인지 인천(Interchange)
이름이 다 좋으니 한국이 더 세계다

여행에서 만나는 사람들이
어디가 좋으냐 물어오는
Where do you like?
나는 유쾌히 답하네
Everywhere is good

시가 가득한 창고라는 시카고(-cargo)
시가 사랑의 틀이 되는 시애틀(-tool)
시가 깃드는 오페라의 성 시드니

시를 최고로 받드는 시베리아$^{(-very)}$
시를 유목하는 소녀의 땅 시리아$^{(-ria)}$
시를 사자로 부르는 나라 시에라리온$^{(-lion)}$
이름이 다 좋으니 여행이 더 즐겁다

오소리 감투

오 소리 감투!
Oh, sorry come too!
마이크 든 그 시간엔 신나는 노래다

박수를 많이 받는 것보다
100점 맞는 게 낫다는
노래방에선
말랑말랑하고 쫄깃쫄깃하고 고소한
오소리 감투 같은 노래의 맛보다
숫자와 함께 터지는 팡파르가 좋다
박수는 손바닥에서 사라지지만
박치는 주먹 쥐고 불끈 일어서는

오 소리 감투!
Oh, sorry come too!
감투 쓴 그날은 행복한 가수다

제7부

64분 음표

64분 음표

노래가 먼저인가
사랑이 먼저인가
그 답을 알 수 없지만
하루라도 노래를 떠나 살 수 없고
한시라도 사랑을 하지 않고 살 수 없는 것
그러니까 노래는 불러야 하고
그러니까 사랑은 해야 하는 거야

네 박자로 시작하여
두 박자 한 박자 반 박자
아니 반의 반, 반의반의 반, 반의반의반의 반
음표끼리 어울려 노래가 되지만
박자가 느릴수록 슬픔이 자리하고
박자가 빠를수록 기쁨이 자리하는 거야
그래 나는 64분 음표를 그릴래
기둥 하나에 네 개의 꼬리를 단 음표를 그려 놓고
너와 함께 기쁨을 노래하리

네 박자로 시작하여
두 박자 한 박자 반 박자
아니 반의반, 반의반의반, 반의반의반의반
쉼표가 들어가 사랑이 되지만
박자가 느릴수록 어둠이 자리하고

박자가 빠를수록 햇빛이 자리하는 거야
그래 나는 64분 쉼표를 그릴래
기둥 하나에 네 개의 등불을 단 쉼표를 그려 놓고
너와 함께 눈빛을 노래하리

거짓말

거짓말을 하자
거짓말다운 거짓말은
참말보다 더 아름다운 말이니
꽃이 졌는데 꽃이 피어 있다 하는
꽃 같은 거짓말을 하자
향기가 사라져도 향기가 난다 하는
향기로운 거짓말을 하자
거짓말이 꽃이 되고
거짓말이 향기가 되는 세상이면
참말이 무슨 소용 있으랴

거짓말을 하자
거짓말다운 거짓말은
참말보다 더 듣기 좋은 말이니
새가 우는데 새가 노래한다 하는
노래 같은 거짓말을 하자
춤이 없어도 춤을 춘다 하는
춤 같은 거짓말을 하자
거짓말이 노래가 되고
거짓말이 춤이 되는 나라에는
참말이 무슨 필요 있으랴

거짓말을 하자
거짓말다운 거짓말은
꽃이 피고 향기가 되고
노래가 되고 춤이 되는 거다

바람의 길

허공은 바람의 길이고
나뭇가지는 다람쥐의 길이다
보이지 않는 길이거나
끊어진 길을 자기 길로 만드는 것은
사람의 일이 아니다
길이 아니면 가지 않는다며
사람들은 큰 길을 내지만
그것은 사람의 길이 아닌
차가운 무명의 바람의 길이다

바다는 파도의 길이고
꽃은 나비의 길이다
부표도 없는 길이거나
향기 없는 길을 제 길로 만드는 것은
사람의 길이 아니다
지나온 길은 아름답다 하며
사람들은 추억을 사랑하지만
그것은 오늘의 길이 아닌
희미한 어제의 시간의 길이다

사랑은 아침의 길이고
이별은 저녁의 길이다
해가 떠오르지 않는 길이거나

별이 빛나지 않는 길을 그리는 것은
사람의 꿈이 아니다
해처럼 별처럼 빛으로 살며
사람들은 하늘을 우러르지만
그것은 눈부신 여명의 길이 아닌
외로운 찰나의 노을의 길이다

그립지 않은 것처럼

그리움을 그립지 않은 것처럼
네 그리움도 모르는 것처럼
그렇게 시치미 뚝 떼고
말없이 푸른 하늘 올려다보며
구름길마다 눈부신 소나기 뿌릴 수 있는
조개껍데기 귀에다 대고
산골짝에서 파도 소리 들을 수 있는
그런 시간을 가진 사람
그 사람은 사랑을 아는 위인
위인이라서

그리움을 그립지 않은 것처럼
네 그리움도 모르는 것처럼

슬픔을 슬프지 않은 것처럼
네 슬픔도 눈감고 있는 것처럼
이렇게 무표정하게
키 크고 푸른 등대 간직을 하며
발돋움하여 어둠 너머 별자리 만날 수 있는
잠든 밤바다 가슴에 대고
현이 없는 거문고 소리 들을 수 있는
그런 공간을 가진 사람
그 사람은 사랑을 지키는 철인
철인이라서

슬픔을 슬프지 않은 것처럼
네 슬픔도 눈감고 있는 것처럼

인생 여행

여행은
집을 떠나는 일이거나
집을 버리는 일
후회하지 않을 것처럼 앞만 바라보고
돌아오지 않을 것처럼 등을 돌리며
그렇게 가슴 식혀 가는 것
가다가 집 없는 사람끼리 만나면
아무데나 마음의 집을 짓고
그 지붕 위에 무소유의 별을 그리는 일이다

여행은
말과 멀어지는 것이거나
말이 사라지는 것이다
말하지 못하는 것처럼 수화를 흉내내고
말이 들리지 않는 것처럼 귀를 세우며
그렇게 입이 무거워지는 것
걷다가 외로운 얼굴끼리 대하면
제 맘대로 바람의 벽을 짓고
그 벽에다 제목 없는 시를 쓰는 것이다

인생이 여행을 닮아
언젠가 떠나는 일과 버리는 일이고
여행이 인생을 닮아
어차피 멀어지고 사라지는 것이라서

거울 속의 여자

똑바로 다가서 보면
잘 보이지 않는 얼굴이
뒤돌아서면 더 선명히 다가오는
햇빛같이 눈부신 얼굴이 있어요

앞에서 가까이 보면
잘 보이지 않는 미소가
옆에서 보면 더 또렷이 보이는
햇무리처럼 신비로운 미소가 있어요

세상은 하나의 거울
거울 속을 들여다보면 사람이 보이고
그 여자가 내가 사랑하는 사람이라면
거울은 나의 빛나는 별이지요

같이 앉아서 보면
잘 보이지 않는 마음이
떨어져 있으면 더 따뜻이 느껴지는
화롯불같이 달구어진 마음이 있어요

곁에서 나란히 걸으면
잘 보이지 않는 길이
혼자 걸으면 더 선명히 보이는
신기루같이 다가오는 외길이 있어요

사랑은 하나의 거울
거울 속을 들여다보면 네가 보이고
그 여자가 내가 빠져 버린 사랑이라면
거울은 나의 해맑은 하늘이지요

겨울 편지

이 겨울이 가기 전에
편지를 쓰고 싶네
내게서 가장 멀리 떨어져 있는 사람에게
편지를 쓰고 싶네
하얀 편지지에는
꼭꼭 눌러 쓴 연필 발자국으로 채우고
내 눈물로 자란 속눈썹 하나
곱게 뽑아서 넣으리

겉봉에 내 이름을 쓰지 않고
받는 이의 이름만 크고 이쁘게 쓰리
우표는 토끼 그려진 우표
입김으로 호호 붙이고
그 곁에는 해 지난 씰 한 장
나란히 붙여 주면 더 좋으리

이 동지가 가기 전에
함박눈을 맞고 싶네
네게서 가장 가까이 살고 있는 사람에게
눈마중 가고 싶네
하얀 첫눈 위에다

꼭꼭 눌러 쓴 도장 발자국으로 남기고
내 발밑에 눈꽃 화석 하나
단단히 찍어서 보내 주리

가슴에 내 이름표 달지 않고
눈길 위에 사랑해 쓰고 조용히 가리
우표는 백자 그려진 우표
입김으로 호호 붙이고
그 곁에는 설중매 한 가지
나란히 꽂아 두면 더 좋으리

널 그리며

그리움은 한지 같은 것
안이 보일 듯 밖이 보일 듯
바람이 통할 듯 달빛이 통할 듯
목소리 들릴 듯 새소리 들릴 듯
그러면서 명주 심줄로 마음을 이어
그렇게 하늘 높이 나는 꼬리연 되는 것

너를 그리다가
내가 목이 긴 사슴이 되거나
너를 기다리다
내가 키다리가 된다면
니가 날 알아볼까 니가 날 맞아 줄까
그리움은 오래되면 그림이 되고
기다림은 오래되면 키다리가 되는 것

기다림은 그림자 같은 것
겨울 뒤에 봄이 오듯
눈보라 보일 듯 아지랑이 보일 듯
산지니 날을 듯 제비가 날을 듯
그러다가 세상 꽃밭에 봄빛을 주고
그렇게 가슴 깊이 흐르는 개울물 되는 것

너와 흐르다가
내가 폭이 좁은 여울이 되거나
너와 구비지다
내가 폭포가 된다면
니가 날 숨겨 줄까 니가 날 찾아 줄까
그리움은 오래되면 술래가 되고
기다림은 오래되면 망부석이 되는 것

제자리 서기

한 그루의 나무가
숲을 지키듯
한 사람의 사랑이
나를 지키고 있다는 건
그래도 이 세상이 살만하다는 것
한 몸으로 숨쉬던 잎새와 이별하면서도
제자리에 서 있는 법
그리고 다시 새 잎을 피우는 일과
열매 맺는 일을 반복하는
그래서 앞산을 거울처럼 바라보고 서서
해 뜨는 아침에 발돋움을 한다네

한 줄기 산맥이
마을을 지키듯
한 사람의 두 눈이
나를 바라보고 있다는 건
그래도 이 순간이 행복하다는 것
한 하늘 아래 같은 해를 바라보면서도
두 그림자 만드는 법
그리고 다시 그림자를 만드는 일과
빛을 향해 뜨겁게 마주서는
그래서 눈동자가 별처럼 반짝이고 있어
만남은 짧아도 그리움은 길다네

목성 별에 가면

별에는 나무가 없다
그러나 하늘을 향하는 우리 눈에는
푸른 나무가 자라고 있다
우리는 서로에게 연리지나무이기에

별에는 나비가 없다
그러나 꽃을 탐하는 우리 눈에는
무지개 띠가 드리우고 있다
우리는 서로에게 보호색 나비이기에

아아 시작과 끝은 존재하지 않아도
저 별이 사라지고 나면
우주의 바닷속 숨쉬는 암초를 뚫고
다시 붉은 사랑의 아침해가 떠오르리라

별에는 찬 별이 없다
그러나 빛을 찾는 우리 눈에는
붉은 눈동자가 반짝이고 있다
우리는 서로에게 뜨거운 별이기에

별에는 싸움이 없다
하여 신화를 믿는 우리 눈에는
끝없는 이야기가 이어지고 있다
우리는 서로에게 사랑의 하느님이기에

바람이었다가 낙엽이었다가

그대여
나 이 봄에 바람이었다가
그대 속눈썹 흔드는 그리움이고 싶네
그대 두 눈에 이슬꽃 피어나면
바람의 날개로 곱게 닦아 주는
나 오직 바람이었다가
그대 두 눈을 지키는 등불이고 싶네
그대여
나 이 봄에 바람이었다가

그대여
나 이 가을에 낙엽이었다가
그대 가슴으로 떨어지는 노을이고 싶네
그대 밤 하늘에 쇠기러기 날으면
나뭇잎 엽서에 별자리 그려 보는
나 오직 낙엽이었다가
그대 앙가슴 물들이는 연서이고 싶네
그대여
나 이 가을에 낙엽이었다가

천년의 문답

사람이 되는 것과
사랑이 되는 것
어느 것이 더 소중한가
사람이 되어야 사랑이 되는가
사랑이 되어야 사람이 되는가
아직도 답을 모른다

소중한 건 답이 없고
천년의 질문만 있다

행복이 오는 것과
행운이 오는 것
어느 것이 더 소중한가
행복이 오는 게 행운인가
행운이 오는 게 행복인가
아직도 질문을 던진다

소중한 건 답이 없고
천년의 질문만 있다

비 오는 날이면

비 오는 날이면 고개를 들어라
우산이 없으면 어떠랴
옷 한 벌 젖으면 비갠 후 말리면 되는
아무리 비가 내려도
멈추지 않는 비는 없다
비가 없이는 무지개가 없고
오아시스도 없어
더 낮은 곳을
더 깊은 곳을 향하여 나아가는
저 기쁨의 여우비를 맞아라

비 오는 날에는 천천히 걸어라
길이 없으면 어떠랴
한 발짝 걸으면 내 길이 되고야 마는
아무리 물이 불어도
줄어들지 않는 강물은 없다
비가 없이는 푸름이 없고
맑은 하늘도 없어
더 푸른 곳을
더 넓은 곳을 향하여 나아가는
이 청춘의 단비를 맞아라

그리운 승부역

하늘이 세 평이지만
바람은 만 평
구름이 세 평이지만
햇빛은 만 평

간이역이 세 평이지만
눈밭은 만 평
기적은 세 평이지만
메아리는 만 평

승부역에 가면
세 평이 만 평보다 크고
땅이 하늘보다 크다
그대와 가면
길보다 고개가 많아도
부자가 빈자보다 많다

붉은 꽃이 세 평이지만
하얀 꽃은 만 평
그림자가 세 평이지만
찍은 사진은 만 평

땅이 세 평이지만
마음은 만 평
만남이 세 평이지만
그리움은 만 평

보고 잡은 사랑

사랑은
보고 잡는 것
너를 보고 첫눈에 반해
네 손을 잡았네

보는 것은 만남이고
잡는 것이 사랑이야
보기만 하고 잡지 않으면
지나가고 마는 거야
내 눈은 너를 보고
내 손은 너를 잡고
보고 잡고 보고 잡고
언제나 보고 잡은 사랑아

사랑은
보고 잡는 것
잡기만 하고 웃지 않으면
네 맘은 떠나네

경음화

자장면과 시래기를
난 짜장면과 씨래기라 하지
소주와 두꺼비를
난 쏘주와 뚜꺼비라 하지
짜장면과 씨래기라 말해야
맛이 더 진하고
쏘주와 뚜꺼비라 해야
도수가 더 높아지지

경음에 길들여진 세상에선
시가 씨가 되고
불이 뿔이 되어 다투는 날이 많아져
짜장에 쏘주 마시고 취하지

햅쌀과 뽈찜을
넌 해살과 볼짐이라 하지
짱구와 쌩얼을
넌 장구와 생얼이라 하지
해살과 볼짐이라 말해야
맛이 더 부드럽고
장구와 생얼이라 해야
시선을 더 끌게 되지

길 하나 산 하나

걷지 않으면 길이 사라진다
길 하나 사라지고
길 둘 사라지고
그리고 무한 광야
오아시스도 보이지 않고
어쩌다 신기루만 어른어른
걷지 않으면 바람도 사라진다

가자가자 길을 가자
길을 가야 내가 길하다

오르지 않으면 산이 사라진다
산 하나 사라지고
산 둘 사라지고
그리고 수직 암봉
설산도 보이지 않고
어쩌다 삿갓구름만 뭉게뭉게
오르지 않으면 그림자도 사라진다

올라올라 산을 올라
산을 올라야 내가 산다

다시 보기

밖을 내다보면
바꾸는 것은 계절의 일이고
바뀌는 것은 꽃이다

안을 들여다보면
바꾸는 것은 사랑의 일이고
바뀌는 것은 마음이다

보고 보고 또 보고
보면 볼수록 더 꽃이 피고
피면 필수록 더 마음이 열리고

눈을 감으면
바꾸는 것은 어둠의 일이고
바뀌는 것은 꿈이다

한 생애에서
바꾸는 것은 하나님의 일이고
바뀌는 것은 사람이다

보고 보고 또 보고
보면 볼수록 더 꿈을 꾸고
꾸면 꿀수록 더 행복해지고

만추가 오면

만추가 오면
대사가 없는 영화를 봐야 한다

그리움보다 더 멀고
외로움보다 더 깊은 것
보고픔보다 더 붉고
서러움보다 더 회오리치는 것

떨어지면 낙엽
걸어가면 오솔길이라도
날아가면 철새
흔들리면 억새아재비라도

만추가 오면
가사가 없는 노래를 불러야 한다

해후보다 더 뛰고
기도보다 더 닿는 것
실종보다 더 아득하고
유언보다 더 되새기는 것

해가 지면 어둠
밤이 오면 가로수길이라도
달이 뜨면 하현달
삼경이면 부엉이 울더라도

무인칭주의자

삼십 년이 넘도록 같이 살면서도
뭐라고 불러야 할지
아직도 자주 머뭇거리네

낯이 뜨거워 자기라 부르지 못하고
어머니 앞이라 여보라 부르지 못하는
맘이 안 보여 안(內)사람이라 부르지 못하고
집이 없어 집(宅)사람이라 부르지 못하는
남이 아니니 아줌氏라 부르지 못하고
갑이 아니니 어이라 부르지 못하는

무촌과 얼마나 살지 모르지만
3인칭 2인칭보다
무인칭 주의가 제일 좋다네

쉰 살의 일기

나이는 먹는 게 아니라
드는 것이다
나뭇잎이 곱게 물들 듯
울긋불긋 자기 색깔로 오래 물들어
꽃잎이 되는 것이다

시는 보여 주는 게 아니라
숨기는 것이다
바람 불어 나무가 흔들리듯
움직이는 가지 뒤에 숨어 피우는
바람꽃이 되는 것이다

사랑은 말리는 게 아니라
젖는 것이다
이슬비에 옷이 젖듯
촉촉이 젖어 다시 벗겨지지 않는
맞춤옷이 되는 것이다

그리움은 흐르는 게 아니라
반짝이는 것이다
화산 굴에서 보석이 자라듯
굴뚝 없는 가슴 화로 안에 반짝이는
불티가 되는 것이다

이별은 떠나는 게 아니라
만나는 것이다
지구별이 우주를 돌 듯
백년 바람과 천년 어둠을 감고 돌아와
새 별이 되는 것이다

빈 손

손을 내밀면
사랑을 원하는 것인가
손을 잡아 주면
사랑을 이루는 것인가
살다 보면 빈 손임을 알고
손금의 운명선이 희미해져 가네

빛으로 와서
빚지며 살다가
빛 잃고 가는 것

등을 내밀면
결혼을 원하는 것인가
등을 기대면
결혼을 이루는 것인가
살다 보면 빈 등임을 알고
빈 등의 그림자만 길어져 가네

낯설게 만나
낫갈 듯 사랑하다
낫 놓고 가는 것

일곱 대문

한생을 사노라면 걸어가는
희로애락 애오욕의 일곱 대문아

10대는 희喜라, 기쁨으로 가슴이 콩콩 뛰고
20대는 노怒라, 질풍노도로 세상에 반항하며
30대는 애哀라, 세파와 맞서는 슬픈 전장
40대는 락樂이라, 즐거움의 가치를 찾아가고
50대는 애愛라, 진솔한 사랑에 눈을 뜨며
60대는 오惡라, 미움을 가릴 줄 알게 되고
70대는 욕慾이라, 쌓은 욕심 버리고 가야 하는

칠정은 가노라면 외가닥 길
그 누구도 만나는 일곱 대문아

꽃인지 풀인지

꽃인지
풀인지 알고 싶다면
그냥 잘 바라만 보아라
가꾸면 꽃이고
뽑히면 풀이란다

햇무리인지
무지개인지 알고 싶다면
그냥 잘 바라만 보아라
동심원이면 햇무리고
반원이면 무지개란다

이슬인지
눈물인지 알고 싶다면
그냥 잘 바라만 보아라
마르면 이슬이고
흐르면 눈물이란다

산과 산이 하나의 산맥이듯
개울과 개울이 하나의 강물이듯
너무 다른 이름으로 나누지 마라
지구와 달이 하나의 별이듯
너와 네가 하나의 사랑이듯

별인지
별똥인지 알고 싶다면
그냥 잘 바라만 보아라
멀리 있으면 별이고
가까이 있으면 별똥이란다

바람인지
사랑인지 알고 싶다면
그냥 잘 바라만 보아라
흔들리면 바람이고
춤추면 사랑이란다

행복한지
불행한지 알고 싶다면
그냥 잘 바라만 보아라
보이지 않으면 행복이고
보이면 불행이란다

조용한 무욕

나이를 먹는다는 건
늙어 가는 게 아니라
늘어 가는 것
주름살이 늘어나고
흰머리가 늘어나고
걱정이 태산처럼 늘어나는 것
늘어난 것이 팽팽하던 고무줄처럼
밀고 당기다 끊어진 날
길어진 허무도 조용히 정지되는 것

살아간다는 건
벌이는 게 아니라
버리는 것
허튼 꿈을 버리고
많은 돈을 버리고
자식도 남남처럼 버리는 것
버린 것이 만들어 낸 난지도처럼
난초와 지초로 무성한 날
비어진 무욕이 푸르게 부활하는 것